हिन्द पॉकेट बुक्स

जीना इसी का नाम है

सुप्रसिद्ध मोटिवेशन गुरु प्रमोद बत्रा व्यक्तित्व विकास एवं व्यवहार-प्रबंधन की पुस्तकों के एक सुपरिचित लेखक हैं। अमेरिका की प्रतिष्ठित यूनिवर्सिटी ऑफ मिनेसोटा से एम.बी.ए. करने के उपरांत वे तैंतीस वर्ष तक भारत के प्रमुख उद्योग समूह 'एस्कॉर्ट्स' से संबद्ध रहे और अनेक उच्च पदों पर आसीन रहे। हिंदी-अंग्रेजी में मानव-व्यवहार से संबंधित उनकी 60 से अधिक पुस्तकें प्रकाशित हो चुकी हैं, जिनकी 10 लाख से अधिक प्रतियाँ बिक चुकी हैं। देश-विदेश में व्यवहार-प्रबंधन पर 1 हजार से अधिक सेमिनारों का आयोजन भी कर चुके हैं।

जीना इसी का नाम है

BORN TO BE HAPPY

का

हिन्दी रूपांतरण

प्रमोद बत्रा

हिन्द पॉकेट बुक्स

पेंगुइन रैंडम हाउस इम्प्रिंट

हिन्द पॉकेट बुक्स

यूएसए। कनाडा। यूके। आयरलैंड। ऑस्ट्रेलिया। सिंगापुर
न्यू ज़ीलैंड। भारत। दक्षिण अफ्रीका। चीन

हिन्द पॉकेट बुक्स, पेंगुइन रैंडम हाउस ग्रुप ऑफ़ कम्पनीज़ का हिस्सा है,
जिसका पता global.penguinrandomhouse.com पर मिलेगा

पेंगुइन रैंडम हाउस इंडिया प्रा. लि.,
चौथी मंजिल, कैपिटल टावर -1, एम जी रोड,
गुड़गांव 122 002, हरियाणा, भारत

पेंगुइन
रैंडम हाउस
इंडिया

प्रथम संस्करण हिन्द पॉकेट बुक्स द्वारा 2003 में प्रकाशित
यह संस्करण हिन्द पॉकेट बुक्स में पेंगुइन रैंडम हाउस द्वारा 2022 में प्रकाशित

10 9 8 7 6 5 4 3 2

इस पुस्तक में व्यक्त विचार लेखक के अपने हैं, जिनका यथासंभव तथ्यात्मक
सत्यापन किया गया है, और इस संबंध में प्रकाशक एवं सहयोगी
प्रकाशक किसी भी रूप में उत्तरदायी नहीं हैं।

ISBN 9789353494278

मुद्रकः रेप्रो इंडिया लिमिटेड

www.penguin.co.in

FSC www.fsc.org MIX Paper from responsible sources FSC® C047271

This is a legitimate digitally printed version of the book and therefore might not
have certain extra finishing on the cover.

अनुक्रम

परिचय

कुछ साल पहले एक पार्टी में मेरी मुलाक़ात एक आकर्षक और प्रभावित करनेवाले व्यक्ति से हुई। वह अपने पेशे में काफ़ी सफल था और पार्टी में लोगों के बीच अपना रुतबा देखकर उसे काफ़ी ख़ुशी भी महसूस हो रही थी। शिष्ट व्यक्ति की तरह अपने व्यवहार और मुस्कान ओढ़े चेहरे से वह सभी को लुभा रहा था। यक़ीनन, वह एक सफल इनसान था!

दूर से उसे देखने पर मैं भी उससे काफ़ी प्रभावित था लेकिन सिर्फ़ तभी तक जब तक कि वह अपने मोबाइल फ़ोन पर किसी से बात करने के लिए मेरे नज़दीक आकर खड़ा नहीं हो गया। मुझे समझते देर नहीं लगी कि वह फ़ोन पर अपनी बेटी से बात कर रहा था। उसका बात करने का तरीक़ा काफ़ी रूखा था। उसकी बातों से स्पष्ट था कि ऐसे समय में ख़ुद को परेशान किया जाना उसे नागवार गुज़र रहा था जबकि वह कुछ उपयोगी 'सम्पर्क' बनाने में व्यस्त था। मैं उसके व्यक्तित्व में आए इस बदलाव को देखकर दंग रह गया। उस सफल ख़ुशनुमा व्यक्ति के पीछे मुझे ऐसे आदमी की झलक दिखाई दी जो सभी को ख़ुश करने की कोशिश में लगा था, सिवाय उनके जो उसके जीवन में सबसे ज़्यादा अहमियत रखते थे – यानी उसका परिवार।

जब मैंने इस घटना पर विचार किया तो मुझे यह जानकर अचरज हुआ कि हम सभी अपनी भौतिक इच्छाओं, आकांक्षाओं और सपनों को पूरा करने तथा अपनी चिन्ताओं और 'अगर ऐसा हुआ तो' जैसी आशंकाओं में ही इस हद तक खोए रहते हैं कि अपने प्रियजनों के साथ सम्बन्धों को घनिष्ठ बनाने की तरफ़ हम कोई ध्यान ही नहीं देते। हम अकसर अपने जीवनसाथी, बच्चों, ससुरालवालों तथा नाती-पोतों के

साथ अपने रिश्तों को कोई ख़ास तवज्जो नहीं देते। हम शायद ही कभी ऐसा सोच पाते हैं कि सच्ची ख़ुशी पाने के लिए हमें अपने परिवार को ख़ुश रखना होता है!

मैंने पार्टी में मौजूद उस आदमी से बहुत महत्त्वपूर्ण सबक सीखा। इसने जीवन के बुनियादी सिद्धान्त की तरफ़ मेरा ध्यान दिलाया – वह यह कि मुझे एक ज़िम्मेदार पति, अच्छा पिता, समझदार ससुर और प्यार करनेवाला नाना और दादा बनना होगा।

मेरे लिए हर दिन कुछ-न-कुछ सीखने का दिन होता है क्योंकि मैं अपने साधारण तरीक़ों को अमल में लाते हुए अपने परिवार तथा दोस्तों के साथ सम्बन्धों को पुख़्ता करने में जुटा हूं।

अपना सबसे क़ीमती सामान – यानी अपना समय – परिवार के साथ बिताने पर मेरे हाथ जो लगा है उसे मैं जीवन-भर नहीं भूल सकता। मैंने परिवार के साथ बैठकर ही दिन-भर की चिन्ताओं की गांठों को खोलना और सीधे-सच्चे सुखों को भोगना सीखा है।

मुझे उम्मीद है कि इस किताब में अपने जो विचार मैंने आपके साथ बांटे हैं, उनसे आपको अपने घर और दफ़्तर में अपने सम्बन्धों में प्रगाढ़ता लाने में मदद मिलेगी, और यदि आपका परिवार व्यापार में सक्रिय है, तो इससे आपको तथा आपके परिवार को जीवन के उतार-चढ़ाव ख़ुशी-ख़ुशी झेलने में मदद मिलेगी।

मैं आपके तथा आपके परिवार के लिए लम्बी पारी की दुआ करता हूं – ईश्वर करे आपके जीवन में सदा आनन्द, मौज़-मस्ती और उपलब्धि छाई रहे।

प्रमोद बत्रा

रहने के मामले में जितना सम्भव हो सके
जमीन के नज़दीक रहें।
सोच-विचार करते समय साधारण बनें।
विवाद की स्थिति में न्यायपूर्ण और उदार बनें।
शासन करते हुए नियन्त्रण में रखने की कोशिश मत करें।
कार्य वही करें, जिसे करते हुए आपको ख़ुशी हो।
पारिवारिक जीवन में पूर्ण रूप से मौजूद रहें।

ताओ ते चिंग

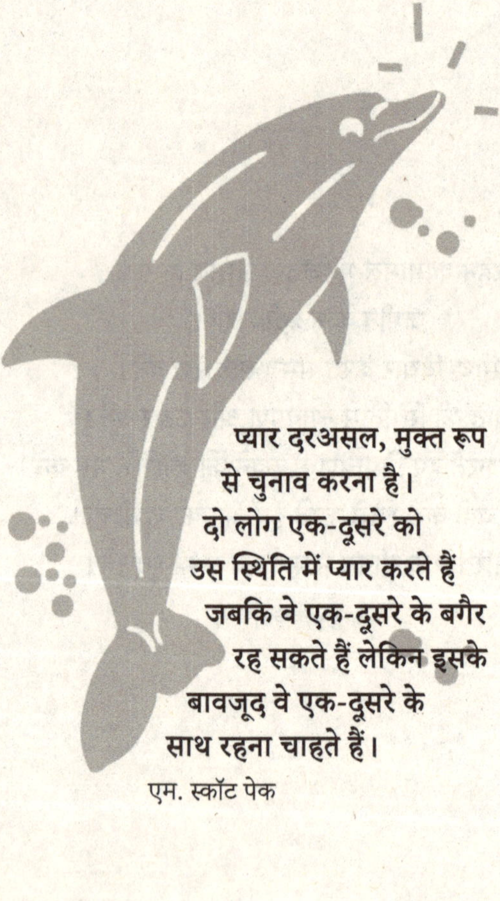

प्यार दरअसल, मुक्त रूप
से चुनाव करना है।
दो लोग एक-दूसरे को
उस स्थिति में प्यार करते हैं
जबकि वे एक-दूसरे के बगैर
रह सकते हैं लेकिन इसके
बावजूद वे एक-दूसरे के
साथ रहना चाहते हैं।

एम. स्कॉट पेक

एक

एक–दूजे के लिए...

क्या यह मुमकिन है?

अगर आप जीवन-भर की ख़ुशी जुटाना चाहते हैं, तो अपने जीवनसाथी की परवाह करना सीखें। अपने पति या पत्नी की परवाह करना ही वास्तव में, विवाह संस्था का मूल धर्म है। अपने जिस जीवनसाथी के साथ आप जीवन के 40 से 50 वसन्त देखते हैं, उसे प्यार देना और उसकी इज़्ज़त करना स्वर्ण पदक पाने या तरक्की मिलने अथवा कारपोरेट जगत में ऊंचा मुकाम हासिल करने से कहीं ज़्यादा अहमियत रखता है। पति के तौर पर, जीवन के इस साधारण गणित को समझने में मुझे कई साल लग गए।

मेरी पत्नी की कई परेशानियों, जो शायद उसकी मां से उसमें आई हैं, में से एक तो यह है कि रात के खाने में क्या पकाया जाए या कौन-सी साड़ी पहनी जाए। पहले वह जब कभी इस बारे में मेरी राय मांगती थी तो मैं कह दिया करता था, 'तुम क्यों मुझे परेशान करती हो? सिक्का उछालकर ख़ुद ही तय कर लिया करो।' इस पर वह नाराज़ हो जाती। लेकिन अब मैं होशियारी से काम लेता हूं। जब भी वह मुझसे पूछती है, 'रात के भोजन में क्या पकाऊं?' या कुछ ऐसा जिसका मेरे लिए ख़ास महत्त्व नहीं होता तो अपनी राय देने से पहले मैं उसकी पूरी बात ध्यान से सुनता हूं और उस बारे में सोचता हूं। इन वर्षों में मैं जान गया हूं कि वह मेरा बहुत ध्यान रखती है और उसकी कोशिश रहती है कि अगर मैंने दोपहर के खाने में आलू खाए थे तो रात में भी मुझे आलू नहीं खाना पड़े। मैं अपने प्रति उसकी इस भावना की क़द्र

करता हूं और उसे इसका अहसास भी कराता हूं।

अपनी पत्नी को बेहतर ढंग से समझने के लिए मैं जो भी प्रयास करता हूं, उसकी प्रेरणा मुझे गणेशजी से मिलती है जो बुद्धिमानी से सोचते हैं (बड़ा सिर), अधिक सुनते हैं (बड़े कान), सवाल कम करते हैं (छोटा मुंह), ग़ौर से देखते हैं (छोटी आंखें), धन्यवाद करते हैं (लड्डू), ईमानदार हैं (कमल), अच्छे शब्द कहते हैं (सुगन्ध), धैर्य धरते हैं (उठे हाथ)...इससे हमारे सम्बन्धों पर काफ़ी अच्छा असर पड़ा है। मेरी पत्नी ख़ुश रहती है (समय का 66%) और उसे ख़ुश देखकर मैं भी ख़ुश रहता हूं।

1

सर्वगुण-सम्पन्न जीवनसाथी मिलना नामुमकिन है

क्या आपने कभी दोषरहित सेब देखा है? हो सकता है कि आपको कभी ऐसा सेब दिख भी जाए जो बाहर से पूरी तरह ठीक-ठाक दिखता हो, मगर जब तक आप उसे काट नहीं लेते तब तक यह नहीं बताया जा सकता कि अन्दर से वह कैसा है? हो सकता है कि वह अन्दर से सड़ा हो। अगर आप ऐसा सेब ख़रीद भी लेते हैं जिस पर एकाध दाग़ लगा होता है, तो क्या ऐसा करना आसान नहीं होगा कि उसके दाग़ी हिस्सों को चाकू से काटकर अलग कर दिया जाए? मुझे क़तई ग़लत मत समझें, मैं तो बस यही कहना चाह रहा हूं कि हर सेब में कुछ-न-कुछ कमी-बेशी तो होगी ही।

इसी तरह यह भी लगभग नामुमकिन है कि किसी औरत को पति के रूप में सर्वगुण-सम्पन्न पुरुष या आदमी को हर दृष्टि से पूर्ण पत्नी प्राप्त होगी। इसलिए अपने दिमाग़ी चाकू से अपने जीवनसाथी के दाग़ी हिस्सों को काटकर हटा दें और तब आप जो पाएंगे वह यक़ीनन बहुत अच्छा होगा। सौभाग्यवश ऊपरवाले ने हमारे दिमाग़ों को ऐसा बनाया है कि हम अपनी मानसिक फ़्लापियों की फ़ालतू फ़ाइलों को अपनी इच्छानुसार डिलीट कर सकते हैं और सिर्फ़ वही उसमें रहने देते हैं जितने की आवश्यकता होती है। आप ऐसा ही

> विवाह की एक अच्छी ख़ूबी यह है कि यह आपको निष्ठा, साहस, धैर्य, आत्म-नियन्त्रण तथा ऐसी और भी कई विशेषताओं के बारे में सिखाता है जिनकी अविवाहित रहने पर आपको कोई ज़रूरत नहीं होती।
>
> पीज़

करने की कोशिश करें। इससे आपके वैवाहिक जीवन में ख़ुशियां भर जाएंगी।

पिगमैलियन बनें

पति और पत्नी के सम्बन्धों में 'पिगमैलियन प्रभाव' लागू होता है। पिगमैलियन, दरअसल एक यूनानी मिथकीय चरित्र था जिसे अपनी गढ़ी मूर्ति के सौन्दर्य पर इतना अटूट भरोसा था कि वह जीवन्त हो उठी।

अपने जीवनसाथी के साथ अच्छे सम्बन्ध कायम करने की दिशा में पहला क़दम यही है कि उस पर यक़ीन होना चाहिए। अगर आपको अपने जीवनसाथी पर विश्वास नहीं होगा तो और कोई भी उसपर भरोसा नहीं करेगा। अगर आप सोचेंगे कि आपका जीवनसाथी बौना है, तो यक़ीन मानिए, कुछ वर्षों में वह ऐसा ही हो जाएगा या हो जाएगी। अपने जीवनसाथी के बारे में आपकी राय का उसके व्यवहार पर असर होता है ख़ासतौर पर आपकी मौजूदगी में। यानी आप ऐसा जीवनसाथी पा सकते हैं जो बारह फुट या बारह इंच लम्बा हो सकता है – पसन्द आपकी है!

आपका जीवनसाथी बेजोड़ है

आप अपने जीवनसाथी को अच्छा महसूस करने का मौक़ा दे सकते हैं – बिना कुछ ख़र्च किए। इसके लिए आपको डिज़ाइनर घड़ी या हीरे की अंगूठी भेंट करने की ज़रूरत नहीं है सिर्फ़ एक मुस्कान, एक चुम्बन या आंख दबाकर ही आप ऐसा कर सकते हैं, इनमें से कोई एक या ये सब (ज़रूरी नहीं कि आपका क्रम भी यही हो) चलेंगे। आपके जीवनसाथी को अपना क़द ग्यारह फुट बढ़ा हुआ लगेगा। कोशिश करके देख लें। और आपको हर रोज़ ऐसा करने की भी

> हर कोई हर वक़्त ख़ुश नहीं होता
> लेकिन यह दुखी बने रहने का कोई
> कारण नहीं है।
>
> अज्ञात

ज़रूरत नहीं है, सप्ताह में एक बार, महीने में एक बार या साल में एक ही बार आप ऐसा कर लेंगे तो बात बन जाएगी।

आपको यह अहसास होना चाहिए कि ख़ुश रहने के लिए ज़रूरी है कि आपका जीवनसाथी भी ख़ुश हो। दरअसल, भीतर से आपका जीवनसाथी उस छोटे बच्चे की तरह है जो लाड़ चाहता है, भले ही बाहर से वह परिवार का एक आदमी या औरत नज़र आता हो। लेकिन एक बात तय है और वो यह कि आप अपने जीवनसाथी को बदल नहीं सकते। इसलिए वह जैसा है उसे उसी तरह स्वीकार करें। फिर भी अगर उसकी कोई आदत आप बदलना चाहें तो धीरे-धीरे कई सालों में उसे बदलने की कोशिश करें।

. आपको जीवन में कुछ तो भरोसा करना ही होगा, कम-से-कम उस पर जो आपके आख़िरी दिनों तक आपके साथ रहता है...

मार्टिन लूथर किंग

हमेशा इस बात को याद रखें कि आपका जीवनसाथी बेजोड़ है और फिर उसके साथ उसी तरह पेश आएं। उन छोटी-छोटी चीज़ों के बारे में सोचें जो आप अपने जीवनसाथी के लिए कर सकते हैं। आपके सोचे-समझे व्यवहार से उसे अहसास होगा कि आपको उसकी परवाह है और आप उसे प्यार भी करते हैं।

2
अपने जीवनसाथी को ख़ुश रखना एक कला है

कई पति ऐसा सोचते हैं कि अपनी पत्नी को ख़ुश रख पाना नामुमकिन है। शायद उसे शादी के शुरुआती तीन साल तक या फिर रिटायर होने के बाद ही ख़ुश रखा जा सकता है। दरअसल, इसका एक आसान फ़ार्मूला है लेकिन मेरा ख़याल है कि शायद भगवान जानबूझकर हमें इससे उलट सोचने को प्रेरित करता है – और इस बारे में सर होमी मोदी कहते हैं – "मेरी पत्नी और मेरे बीच भरपूर आपसी समझ है। जब भी हम एक-दूसरे से सहमत नहीं होते तो वह अपनी राह चल देती है और मैं चुपचाप उसके पीछे हो लेता हूं।" इससे मुझे हेनरी फ़ोर्ड का क़िस्सा याद आ रहा है। जब वे उम्र के सातवें दशक में थे तो उनके बेटे एड्सल की मृत्यु हो गई। तब फ़ोर्ड ने अपनी कम्पनी को अपने मैनेजर को सौंपने का मन बनाया। इस पर उनकी पत्नी क्लारा फ़ोर्ड ने चेतावनी दी कि अगर उन्होंने ऐसा किया तो वे उन्हें छोड़कर अपने माता-पिता के घर चली जाएंगी। इस धमकी का असर हुआ। फ़ोर्ड ने अपने पोते हेनरी को कम्पनी सौंपने का फ़ैसला किया। बाकी सब इतिहास है।

> प्यार का फूल तभी खिलता है जब पुरुष और स्त्री एक-दूसरे के मतभेदों को स्वीकार करना और एक-दूसरे का सम्मान करना जानते हैं।
>
> ग्रे

मैं आपके बारे में तो नहीं जानता लेकिन मैं ख़ुद ऐसी पत्नी को पसन्द नहीं करूंगा जो बोर क़िस्म की हो, जो हर उस साड़ी की तारीफ़ करे जिसे मैंने उसके लिए ख़रीदा हो भले ही वह उसे पसन्द न हो, और

जो दिन-भर में कम-से-कम तीन बार मेरी खिंचाई न कर दे। क्या आप जानते हैं कि अमरीका में कुछ ऐसे रेस्तरां हैं जिनमें 'घर का-सा नाश्ता' मिलता है और उनमें कभी-कभार झल्लाती महिला वेटर जले टोस्ट, मगों से बाहर गिरती कॉफी परोसती हैं। ऐसा इसलिए क्योंकि शोध से यह पता चला है कि कुछ दिन घर से बाहर रहने के बाद प्राय: एग्जीक्यूटिव लोगों को अपनी पत्नियों की याद सताने लगती है और तब 'घर का-सा नाशता' उन्हें पत्नियों की याद दिलाता है।

अपने जीवनसाथी को ख़ुश रखने का काम काफ़ी चुनौतीपूर्ण है। जिस व्यक्ति के साथ आप पचास वर्षों से रह रहे हों, उसे ख़ुश कैसे रखा जा सकता है, यह जान लेना चाहिए क्योंकि तभी आप भी ख़ुश रह पाएंगे। मुझे हर रोज़ अपनी पत्नी को ख़ुश रखने के प्रयास करने पड़ते हैं। और मुझे पूरा भरोसा है कि ज़्यादातर लोगों को भी ऐसा ही कुछ करना पड़ता होगा...

अपने जीवनसाथी को ख़ुश रखने के तौर-तरीक़ों के बारे में मैं अपने शोध के बारे में आपको बताता हूं।

तुरन्त करें

समझदार बनें। आपकी पत्नी के लिए यह ज़्यादा ज़रूरी है कि आप अपनी बच्ची की स्कूल टीचर से जाकर मिलें, न कि छ: ट्रैक्टरों को बेचने की नीयत से प्रमुख इंजीनियर से मिलने जाएं। चीते और मच्छर का सबक यहां ग़ौरतलब है : आप चीते का शिकार करने के लिए ज़रूरी एकाग्रता तब तक नहीं जुटा पाएंगे जब तक कि सारे मच्छरों को न मार डालें। उदाहरण के लिए अगर आपके बच्चों की स्कूल की फ़ीस जमा करानी है, तो इस सिद्धान्त का पालन करें – "महत्त्वपूर्ण काम तुरन्त निबटा लें, इससे पहले कि वें आपका गला दबा लें।" स्कूल की फ़ीस समय से पहले भिजवा दें और वह भी डिमांड ड्राफ़्ट के जरिये। मैंने ऐसे कामों में देरी को लेकर कई परिवारों में झगड़े होते देखे हैं।

अपने 'तुरन्त करो' वाले राइटिंग पैड को आसपास रखें ताकि उसमें वह सब दर्ज किया जा सके जो आपका जीवनसाथी आपको करने

के लिए कहे। दफ़्तर में एक घंटा ज़्यादा बिताने से भी ज़्यादा क़ीमती आपके जीवनसाथी के चेहरे पर खिली मुस्कान है।

कृतज्ञता की अपेक्षा न करें

मेरे गुरु एंड्र्यू कारनेगी ने एक बेहतरीन सलाह मुझे दी। यदि आप अपने किसी सम्बन्धी को दस लाख डॉलर देते हैं, तो क्या यह उम्मीद करते हैं कि वह आपका अहसानमन्द रहे? एंड्र्यू कारनेगी ने ठीक ऐसा ही किया। लेकिन वही एंड्र्यू कारनेगी अगर आज अपनी क़ब्र से बाहर आकर देखें तो अपने उस सम्बन्धी को उन्हें कोसते हुए पाएंगे क्योंकि उसके शब्दों में, "बूढ़ा एंड्र्यू लोक कल्याण के लिए तो 36.5 करोड़ डॉलर छोड़ गया और मुझे ले-देकर दस लाख डॉलर ही दिए।"

> जब आप अपनी पत्नी को हीरे का हार भेंट करेंगे तो वह कहेगी वह तो हमेशा से पन्नों के हार की ख़्वाहिश करती आई है।

अपने जीवनसाथी से भी आपका अहसान मानने की उम्मीद न पालें क्योंकि अकसर लोग ऐसा करना भूल जाते हैं। और अगर आपके साथ ऐसा हो भी जाए तो इसे अपने वैवाहिक जीवन का पदक समझें। आप जब कभी अपने जीवनसाथी के लिए कुछ करें तो उसे अपनी ख़ुशी की ख़ातिर करें। आपका जीवनसाथी यदि आपकी ख़ातिर कुछ करे तो उसका अहसान ज़रूर मानें, हो सकता है इससे उसे कुछ संकेत मिल जाए।

अपनी ग़लतियों को स्वीकार करें

अपनी ग़लतियों को पूरी विनम्रता के साथ स्वीकार करें और तब आप कभी ग़लत नहीं रह जाएंगे। अब आप ही बताएं कि अगर आप अपने जीवनसाथी को सॉरी कह भी देते हैं, यह जानते हुए भी कि 70 प्रतिशत ग़लती उसी की थी तो इससे क्या फ़र्क़ पड़ता है। सैद्धान्तिक रूप में देखें तो पति-पत्नी के बीच इस बात से कोई फ़र्क़ नहीं पड़ता कि कौन ग़लत और कौन सही है क्योंकि आख़िर में दोनों को ही चोट पहुंचती है।

अगर आपका जीवनसाथी अपनी ग़लतियों पर झट से माफ़ी मांग लेता है या लेती है, तो क्या आपको सुनने में अच्छा नहीं लगता?

ग़लतियां ही सबसे अच्छी गुरु होती हैं। इसलिए हर उस ग़लती से सबक लें जिससे आपके जीवनसाथी को दुख पहुंचा हो। यह जानने की कोशिश करें कि फलां समय में उसके दुख का क्या कारण था। इस बात की पूरी सम्भावना है कि वह ज़रूर कोई छोटी-सी बात ही होगी।

अपने–आप को ख़ुश रखें

मान लो कि आप 75 वर्ष की उम्र तक जिएंगे – इसमें 10 साल कम या ज़्यादा हो सकते हैं – और फिर यह मान लें कि 25 साल की उम्र में आपकी शादी होगी, यानी आप अपने जीवनसाथी के साथ लगभग 50 साल बिताएंगे – इसमें 10 साल कम या ज़्यादा हो सकते हैं। ठीक है?

तो फिर क्यूं न हंसी-ख़ुशी से रहा जाए। इस बारे में किसी ने बहुत सोच-समझकर कहा है – “मैं दुखी था क्योंकि मेरे पास जूते नहीं थे, मगर फिर गली में मुझे एक ऐसा व्यक्ति मिला जिसके पांव ही नहीं थे।” हर उस चीज़ के बारे में सोचें जिसके प्रति हम अहसानमन्द हो सकते हैं और ईश्वर को उन तमाम सुखों के लिए धन्यवाद दें, जो हमें मिले हैं। सोचें, शुक्रिया अदा करें और मुस्कुराते रहें।

> मुस्कुराहट एक ऐसी वक्र रेखा है जो बहुतों को सीधा कर सकती है।
>
> फाइलिस डिलर

हंसना छूत की तरह होता है। शुरू-शुरू में आपके जीवनसाथी के मन में आपके इरादों को लेकर हैरानी हो सकती है। लेकिन चिन्ता न करें – अपने दिल और दिमाग़ से मुस्कुराहटों को फूटने दें। सीटी बजाएं – इससे फ़ायदा होगा। अपने तमाम अच्छे दोस्तों के बारे में सोचें – मेरे ऐसे कई दोस्त हैं जिनका ख़याल आते ही मैं ख़ुद को ख़ुश और जवान महसूस करता हूं। और हां, अपने दिमाग़ की तख़्ती पर खुदवा लें – “मुस्कुराहट अपने जीवनसाथी को ख़ुश रखने का ऐसा उपाय है जिसके लिए पैसे नहीं ख़र्च करने पड़ते।”

3

ईश्वर का शुक्रिया अदा करें कि आपको रोमांटिक जीवनसाथी मिला है

अगर आप जीवन-भर की ख़ुशियां पाना चाहते हैं तो अपने जीवनसाथी को हर पल प्यार करना सीखें। मैं एक ऐसे पति को जानता हूं जो हर रोज़ सवेरे उठते ही अपनी पत्नी को फूल भेंट करता है। इस पर उसकी पत्नी कहती है, "यह क्या कर रहे हो? बच्चे क्या सोचेंगे? इन्हें भगवानजी को चढ़ाया करो..."

अगर आप भी ऐसी ही पत्नी हैं तो कम-से-कम दो बार विचार करें। अपने दिमाग़ से उस टेप को मिटा दें जो आपके भीतर ऐसे विचार पैदा करता है। ईश्वर का शुक्रिया अदा करें और एक मिनट का मौन धारण कर उसकी प्रार्थना करें कि उसने आपको इतना अच्छा पति दिया। अपने पति के ऐसे समझदारी भरे कार्यों की तारीफ़ करना सीखें। उनके ऐसे व्यवहार को अपने जीवन का बोनस मानें।

> यह कभी मत भूलें कि औरत रोमांटिक होती है। वाइन, चॉकलेट और फूल पसन्द करती है। इनके बारे में कभी-कभी बातें करके उसे जता दें कि आपको भी इनकी याद है।
>
> वुडी एलन

अगर साल-दर-साल बीतने पर आपका जीवनसाथी फ़िल्मों, किताबों, दोस्तों या सोच-विचार करने-भर से और ज़्यादा रोमांटिक होता जा रहा है, तो अपनी क़िस्मत पर नाज़ करें। याद रखें कि किसी भी गृहस्थी का रोमांस तब तक बरक़रार रहता है जब तक पति अपनी पत्नी के साथ वैसा ही खट्टा-मीठा व्यवहार करता रहता है जैसा वह

उसका प्रेमी होने के दौरान करता रहा था, और पत्नी भी उसी नज़ाकत के साथ पेश आती है जैसे वह पहले आती थी।

अपनी पत्नी के संग होली का रास रचाएं

भगवान कृष्ण गोपियों के संग होली खेला करते थे और यह बात सुनने में आज भी कितनी रोमांटिक लगती है। एक पति को भी यही करना चाहिए, लेकिन सिर्फ़ अपनी पत्नी के साथ। मगर कैसे? ऐसा करना बहुत आसान है। उसकी तारीफ़ करें उन बातों के लिए जिन्हें आप यूं ही लेते आए हैं। मसलन, अगर वह आपके और आपके बच्चों का नाश्ता तैयार करने के लिए सवेरे छ: बजे उठ जाती है तो उसे कुछ ऐसा कहें, "तुमसे शादी करके मैं कितना ख़ुश हूं...कितनी ही औरतें तो ऐसी हैं जो नौ बजे तक सोती रहती हैं।"

अपनी पत्नी को दोपहर तीन बजे तक 'देवीजी' या 'डार्लिंग' कहकर पुकारें और उसके बाद 'बेग़म' या फिर 'हनी' अथवा किसी और मनपसन्द सम्बोधन से पुकारें। तब हो सकता है कि वह भी आपको 'देवताजी' या 'सरकार' (हो सकता है आपको समझने भी लगे) कहकर बुलाने लगे! वह जो भी करे उसके लिए उसकी तारीफ़ करते हुए यह मत सोचें कि वह भी आपकी तारीफ़ के उतने पुल बांधेगी जितने आप सोच रहे हैं, लेकिन इस आदत को बनाए रखें।

होली के मौक़े पर जब आप किसी पर सुगन्धित या रंगीन पानी डालते हैं तो वह भी पलटकर ऐसा ही कुछ आपके साथ भी करता है मगर इंजन का पुराना तेल तो नहीं डालता। मेरा अपना अनुभव कहता है कि आप पत्नी के साथ दिन-भर में कम-से-कम छ: बार तो होली का रास रचा ही सकते हैं। मगर अति मत करें और उसकी शुरुआती हैरानगी की भी अनदेखी कर जाएं।

4

अपने सम्बन्ध को हल्के-फुल्के ढंग से मत लें

हर शनिवार को अपनी समीक्षा करें

हम सभी का एक मक़सद होता है – जीवन में ख़ुशियां बटोरना। मेरा दृढ़-विश्वास है कि आपको अपने काम में से ख़ुशियों का रस निचोड़ना आना चाहिए वरना आप जान ही नहीं पाएंगे कि ख़ुशी दरअसल, होती क्या है। जब कोई व्यक्ति अपने उस काम से प्यार करने लगता है जिसे वह रोजी-रोटी कमाने के लिए कर रहा होता है, तो वह काम सिर्फ़ काम नहीं रह जाता बल्कि काम और खेल का मिला-जुला रूप बन जाता है। अगर आप अपने काम को प्यार करते हैं तो वह आपको ख़ुशी भी देगा। और यदि आप ख़ुश हैं, तो आप जीवनसाथी को भी ख़ुश रख सकेंगे।

अगर आप कामकाजी महिला हैं, तो अपने काम का मज़ा लें, और यह भी सुनिश्चित करें कि आपके पति भी अपने काम से ख़ुश रहें। अगर आप उनके काम में दिलचस्पी लेंगी तो इसका अच्छा असर होगा। इसलिए अभी से समझदारी से इसकी शुरुआत करें। आपके पति को ख़ुश रखने में इससे मदद मिलेगी।

अगर आप घरेलू महिला हैं तो अपने घर के कामकाज का आनन्द उठाएं। जब आपके पति दफ़्तर से लौटें तो इन कामों को लेकर बवाल मत मचाएं। उन्हें अपनी छोटी-छोटी परेशानियों में उलझाने की बजाय ख़ुद समझदार बनने की कोशिश करें।

यह नियम बना लें कि पति के घर लौटने के कम-से-कम डेढ़ घंटे तक आप दिन-भर की कोई भी बुरी ख़बर नहीं सुनाएंगी। इससे आसमान नहीं टूट पड़ेगा। आपका पति बन्दूकों को झेल सकता है लेकिन आपकी चूं-चूं और भाऊं-भाऊं नहीं। आपके चीख़ने-चिल्लाने पर वह भीगी बिल्ली बन जाता है। आपके पति को घर लौटने पर दिमाग़ी सुकून की ज़रूरत होती है। और यही कारण है कि वह पलटकर जवाब न देकर अपनी बेइज़्ज़ती बरदाश्त कर लेता है।

अपने जीवनसाथी के साथ अपने सम्बन्ध को हल्के-फुल्के ढंग से क़तई न लें। उस अच्छे वक़्त को याद करें जो आप दोनों ने साथ गुज़ारा था। अपने साथी को कभी भी यह महसूस मत होने दें कि आपके पास उसके लिए समय नहीं है।

> जब कोई महिला नाख़ुश और निराश होती है तब किसी आदमी के लिए उसकी बात सुनना कठिन होता है क्योंकि उस स्थिति में वह ख़ुद को असफल महसूस करता है।
>
> ग्रे

उसके पीछे न पड़ें। उस पर बरसें नहीं। उसे खिजाएं नहीं। जब आपके पति जल्दबाज़ी में हों तो घरेलू परेशानियों की चर्चा न करें। सुगम संगीत, हल्की रोशनी और फूलों का इस्तेमाल करें। अपने साथी को चैन लेने दें और उसके जीवन में जो कुछ घट रहा है उस बारे में ध्यान देकर उसे यह जताएं कि आपको वाक़ई उसमें दिलचस्पी है। अपने पति या पत्नी को अच्छा अहसास कराने का यह कारगर तरीक़ा है।

आप अच्छे पति हैं या पत्नी, यह जान लें कि अपने साथी के साथ सम्बन्ध सुधारने के लिए यह ज़रूरी है कि आप अपनी समीक्षा करें। हर शनिवार को सवेरे ग्यारह बजे अपने व्यवहार की समीक्षा करें और सोचें कि पूरे सप्ताह आपका अपने जीवनसाथी के साथ कैसा व्यवहार रहा। अपने ग़लत व्यवहार को याद रखें और आनेवाले हफ्ते में उन ग़लतियों को सुधारने की भरपूर कोशिश करें।

रविवार के दिन सिर्फ़ वही काम करें जो आप दोनों मिलकर साथ-साथ करना चाहते रहे हैं। जीवन के छोटे-छोटे सुखों का आनन्द

लें। शनिवार को आपने पूरे सप्ताह की समीक्षा की थी; अब उस बारे में अपने जीवनसाथी के साथ बातचीत करें और जो ग़लतफ़हमियां हों, उन्हें दूर करने की कोशिश करें। इससे आपको अधिक ख़ुश, अधिक सन्तुष्ट और विश्वास से भरा-पूरा जोड़ा बनने में मदद मिलेगी।

5

अपनी लक्ष्मण रेखाएं खींचें

लालच का पेट नहीं भरता

सीता : "देखो, कितना सुन्दर मृग है!"

लक्ष्मण : "सचमुच मृग इतना सुन्दर है कि वह असली नहीं हो सकता। देखो, वह कितना चमक रहा है। ज़रूर वह कोई राक्षस होगा!"

सीता (लक्ष्मण के शब्दों को अनदेखा करते हुए) : "क्या यह बेहद ख़ूबसूरत नहीं है, राम! आप मेरे लिए इसे ला सकते हैं?"

राम : "ज़रूर लाऊंगा, प्रिये।"

शायद यही वह बातचीत रही होगी जिसकी वजह से असंख्य घटनाओं का सिलसिला शुरू हुआ होगा! जब आज के सन्दर्भों में मैं इस घटना पर विचार करता हूं, तो मुझे लगता है कि सीता ने यह जानते हुए भी कि यह मायाजाल है, राम को उस मृग का पीछा करने के लिए उकसाया होगा।

जब लालच मन में जाग जाता है, तो लक्ष्मण रेखाएं भी व्यर्थ हो जाती हैं। हम उन्हें पार करने के तर्क तलाश ही लेते हैं। सिर्फ़ आपको ही यह तय करना है कि आपको किस तरह जीवन बिताना है – अपनी ज़रूरतों के लिए या फिर लालच की भूख मिटाने के लिए। ज़रूरतें पूरी हो सकती हैं मगर लालच का घड़ा कभी नहीं भरता!

एक बार की बात है, एक नेक, ईमानदार आदमी था जो अपने

काम से मतलब रखता था और अपने परिवार की भी देखभाल करता था। उसकी कम्पनी ने उसे दौरे पर भेजा और तब उसके ब्रीफ़केस में काफ़ी महत्त्वपूर्ण काग़ज़ात थे। जब वह सफ़र करते-करते थक गया तो उसने एक नदी के पुल पर आराम करने का फ़ैसला किया। तभी अचानक उसका ब्रीफ़केस नदी में जा गिरा।

वह इतना बड़ा आदमी भी इस पर रो पड़ा क्योंकि उसके रेक्सिन के ब्रीफ़केस में ज़रूरी काग़ज़ात थे। उसने नदी में कूदकर आत्महत्या करने का विचार किया। एकाएक नदी देवता प्रकट हुए और उन्होंने उसकी पूरी कहानी सुनी। उन्हें आदमी पर दया आ गई और उन्होंने उसकी मदद करने का फ़ैसला किया। उन्होंने नदी में डुबकी लगाई और चमड़े का एक ब्रीफ़केस लेकर बाहर निकले। लेकिन उस आदमी ने उस ब्रीफ़केस को यह कहते हुए लेने से इनकार कर दिया कि वह उसका नहीं है। भगवान फिर पानी में उतरे और इस बार उन्होंने वी.आई.पी. का ब्रीफ़केस उसे सौंपना चाहा। मगर उस आदमी ने इसे भी लेने से मना कर दिया। नदी देवता ने फिर से डुबकी लगाई और अब वे रेक्सिन का ब्रीफ़केस साथ लाए। उसे देखकर वह आदमी बहुत ख़ुश हुआ और उसने तहेदिल से नदी देवता को धन्यवाद दिया। देवता उसकी ईमानदारी पर बेहद ख़ुश हुए और उन्होंने तीनों ही ब्रीफ़केस उसे सौंप दिए।

> मेरा मानना है कि आपके अपने फ़ैसले ही आपको ख़ुशी से दूर करते हैं और आपकी अपेक्षाएं ही आपको नाख़ुश बनाती हैं।
>
> नील डोनाल्ड वाल्श

वह आदमी ख़ुशी-ख़ुशी घर लौट आया और उसने पूरी घटना अपनी पत्नी को बताई। पत्नी को उसकी ईमानदारी पर बड़ा गुस्सा आया और उसने कहा कि वह ख़ुद इतने दयालु देवता से मिलेगी!

अब पति के पास कोई रास्ता नहीं बचा और आख़िरकार मजबूरन वह पत्नी को उसी पुल पर ले गया। दोनों वहां बैठ गए, तभी अचानक पत्नी नदी में गिर गई। अब वह आदमी फिर रोने

लगा। नदी देवता प्रकट हुए और उन्होंने उसकी कहानी सुनी। देवता ने नदी में डुबकी लगाई और इस बार वे हेमामालिनी को साथ लेकर बाहर आए। जब उन्होंने उस आदमी से पूछा कि क्या यही तुम्हारी पत्नी है तो उस ईमानदार आदमी ने जवाब दिया – हां!

सर्वज्ञानी ईश्वर को सारी बात पता थी और वे ज़रा भी हैरान नहीं थे लेकिन फिर भी उन्होंने उस आदमी से पूछा, "पुत्र, तुम तो ईमानदार आदमी हो। फिर तुमने सच क्यों नहीं बताया?"

इस पर उस आदमी ने जवाब दिया, "हे ईश्वर, अगर मैंने नहीं कहा होता तो आप फिर से नदी में जाते और दूसरी बार अपने साथ रेखा को ले आते। उसे लेने से मेरे मना करने पर आप फिर डुबकी लगाते और मेरी पत्नी को साथ लाते। तब मैं कहता कि वही मेरी पत्नी है, तो आप उन तीनों को मुझे सौंप देते। तब मेरी हालत क्या होती, आप समझ सकते हैं। इसलिए मैंने समझदारी दिखाई और थोड़ी-सी बेईमानी कर डाली।"

> इस जीवन यात्रा में, सही क्या है इसका निर्धारण करने में प्यार, सच्चाई और साहस हमारे मार्गदर्शक सिद्धान्त होने चाहिए।
>
> कोरेटा स्कॉट किंग

यह कहानी पत्नियों के लिए सीख है। पत्नी के रूप में आप यक़ीनन, पति से कहीं ज़्यादा समझदार होती हैं – कुछ मामलों में। अगर आप अपने वैवाहिक जीवन को सुखी देखना चाहती हैं, तो हमेशा सच बोलें और पति को भी सच्चाई पर कायम रहने के लिए प्रेरित करें, भले ही इस कारण आपको कम सुविधाओं में ही जीवन बिताना पड़े। आपकी भूमिका पति को सुकून देने की होनी चाहिए, न कि उसे चुनौतियों से बचकर भागने के लिए उकसाने की। आप उन्हें रफ़्तार धीमी करने में मदद दें और दोनों मिलकर वह भोगें जो आपके पास है। अपने पति को इस बात के लिए प्रोत्साहित करें कि वह अपनी चिन्ताएं आपके साथ बांटें।

पति और पत्नी का जीवन में एक समान उद्देश्य होता है – सुखी रहना। इसका मतलब यह नहीं है कि दोनों को एक ही रास्ता चुनना

होगा या एक ही रफ़्तार रखनी होगी। दोनों एक-दूसरे के साथ-साथ चल सकते हैं या फिर उस रास्ते पर भी बढ़ सकते हैं जिन्हें वे पसन्द करते हैं, अपनी-अपनी गति से – ख़ुशी से।

6 अपने जीवनसाथी की परेशानियां हल करें... मिलजुलकर

क्या आपका जीवनसाथी बहुत जल्दी घबरा जानेवाला या ईर्ष्यालु या बहुत तनावग्रस्त रहनेवाला है? अगर ऐसा है, तो आपको कुछ करना होगा। दरअसल, आप उसके लिए 60 प्रतिशत ज़िम्मेदार जो हैं!

यह सूफ़ी कहानी आपको अपने जीवनसाथी की परेशानियों को बेहतर ढंग से सुलझाने में मददगार हो सकती है :

गलीचों का एक व्यापारी था। एक दिन उसे अपनी बैठक में बिछे गलीचे में एक जगह उभार दिखाई दिया। वह कुछ परेशान हुआ मगर फिर वह उसके ऊपर कूदा तो वह उभरा हिस्सा फिर सामान्य दिखने लगा। कुछ देर बाद दूसरी जगह वही उभार नज़र आया। वह फिर चौंका और उसने उस जगह कूदना शुरू किया। इस तरह बार-बार जगह-जगह उभार दिखाई देने लगे। गुस्से में उसने गलीचे को लपेटना शुरू किया। तभी अचानक एक फुंफकारता सांप वहां से निकला।

> अगर आप विवाहितों की परेशानियों पर ग़ौर करें, तो आप पाएंगे कि ज़्यादातर मामलों में ये परेशानियां एक-दूसरे से भिन्न भूमिकाओं की अपेक्षा रखने तथा समस्या का हल तलाशने में अलग-अलग दृष्टिकोण की होती है।
>
> कोवे

आप अपने जीवनसाथी के नज़रिये और व्यवहार से चौंक सकते हैं। तब आप भी वही उपाय करेंगे जो आमतौर पर ऐसे हालात में किए जाते हैं – गुस्सा करना, नखरे करना, झुंझलाना, चिल्लाना या झिकझिक

करना। आपके जीवनसाथी की समस्याएं इस कहानी के सांप की तरह हैं। वे बार-बार सिर उठाती रहती हैं। तब आप दूसरों को दोष देते हैं – यहां तक कि अपने ससुरालवालों को ही कोसने लगते हैं कि उन्होंने उसे अच्छे संस्कार नहीं दिए। जबकि असलियत यह है कि किसी बाहरी व्यक्ति का दोष नहीं होता। आप दोनों ही उस समस्या के लिए ज़िम्मेदार होते हैं और इसलिए उसे सुलझाने की ज़िम्मेदारी भी आप दोनों पर ही होती है।

कई लोग ऐसे में गम्भीर हो जाते हैं और सोचते हैं कि जीवन ने उनके साथ अन्याय किया है। वे चिन्ता में डूब जाते हैं, तनाव से घिर जाते हैं, डर जाते हैं, घबराने लगते हैं, और भी जाने क्या-क्या उन्हें होता है। उन्हें ऐसे झूठे डर सताने लगते हैं कि वे बीमार हो जाएंगे, उनके साथ भेदभाव किया जाएगा, वगैरह-वगैरह। उन्हें यह वहम हो जाता है कि हर कोई उनके ख़िलाफ़ है और तब वे हरेक पर, यहां तक कि अपने जीवनसाथी पर भी शक़ करते हैं।

झटपट समाधान नामुमकिन हैं

यदि आप ऐसी सोच रखनेवाले व्यक्ति की पत्नी या पति हैं, तो आप क्या कर सकते हैं? बहुत कुछ! तब आप इस समस्या को लेकर हलकान होने की बजाय पेशेवर ढंग से इससे निपटें। अपने मित्रों या करीबी सम्बन्धियों को याद करें। उनसे बातचीत करें। वे आपके जीवनसाथी से बात कर सकते हैं। आप ख़ुद अपने जीवनसाथी से बात करें।

> जिस तरह आदमी किसी समस्या का हल तलाशने के तौर-तरीक़ों पर विचार कर सन्तुष्ट होता है उसी तरह औरत अपनी समस्याओं के ब्यौरे का खुलासा कर ख़ुश होती है।

आप निश्चित रूप से अपने जीवनसाथी का तनाव और चिन्ता कम करने में मदद कर सकते हैं। लेकिन एक रात में ऐसा नहीं हो सकता। एक तिमाही में भी नहीं। यहां तक कि एक साल में भी नहीं। इस बारे में उस कछुए से सबक लें जो धीमी चाल होते हुए भी खरगोश से दौड़ जीत गया।

इसी तरह वास्तविक ज़िन्दगी में भी कोई झटपट समाधान नहीं होते। इसलिए पूरी पड़ताल करें कि आखिर आपके जीवनसाथी की समस्या का कारण क्या है। ऐसे हालात में वह प्याज़ की तरह हो जाएगी और आपको एक-एक कर उसको परत-दर-परत खोलना पड़ेगा यानी उसकी कई टिप्पणियों के बाद ही असली समस्या की जड़ तक आप पहुंच सकेंगे। इस बात को मत भूलें कि शेर को भी मक्खी-मच्छरों से अपना बचाव करना पड़ता है! आपके जीवनसाथी के मन में भी कुछ ऊटपटांग सन्देह या ग़लतफ़हमियां होंगी। इसलिए धैर्यपूर्वक पता लगाने की कोशिश करें कि उसकी परेशानी का कारण क्या है। इस बात की काफ़ी सम्भावना है कि आप उसकी समस्याओं की तह में जा पाएंगे – वह उसकी नौकरी, सम्बन्धों या अन्य गतिविधियों से जुड़ी कोई समस्या हो सकती है जिसे उसने कई गुना बढ़ा-चढ़ाकर पेश किया हो।

आपके जीवनसाथी की समस्याओं का हल बहुत आसान है! उसे धीरे-धीरे एक-एक कर कुछ उपाय करने के लिए उकसाएं। सच मानिए, अपने जीवनसाथी की सहायता करने के लिए आपको मनोचिकित्सक बनने की भी जरूरत नहीं है।

मैं आपको एक मज़ेदार घटना के बारे में बताता हूं जिससे स्पष्ट है कि किस तरह एक पति या पत्नी अपने जीवनसाथी की उस उलझन को दूर कर सकता है या कर सकती है जो असम्भव-सी नज़र आती है।

मेरे एक रिश्तेदार विजय सड़क दुर्घटना में घायल हो गए। कोई भी उसकी मदद के लिए नहीं रुका। तब उसकी पत्नी ने बड़ी बहादुरी दिखाई और वह सामने से आ रहे एक ट्रक के सामने खड़ी हो गई। ट्रक के रुकने पर उसने अपने पति को उसमें बिठाया और इस तरह उसकी जान बचाने में कामयाब हुई।

जब भी आप किसी परेशानी से घिर जाएं, तो अपने 96 फीसदी समय में उसी के बारे में सोचें। उसके हल के लिए पूरे 360 डिग्री पर घूम जाएं। लोगों से बात करें, किताबें और पत्रिकाएं पढ़ें, लिखें – यदि आपका दिमाग़ एकाग्र होगा, तो आख़िरकार सफलता आपकी झोली में होगी। बड़े-से-बड़ा पेड़ भी मामूली-सी आरी के सौवें वार पर टूटकर

गिर जाता है। लेकिन इसका मतलब यह नहीं है कि पिछले निन्यानबे वार बेकार थे।

'एक रात में क़ामयाबी' मिलने की हर घटना के पीछे बीस वर्षों की मेहनत होती है। आप भी छोटे-छोटे काम ठीक तरह से कर सकते हैं और तब इनसे जीवन के अन्य क्षेत्रों पर भी फ़र्क़ पड़ेगा।

7

एक राह पर चलें

एक दूजे के लिए...शुरुआत इसी से करें! जब हम जीवन में आगे बढ़ते हैं, तो छोटी-छोटी बातें ही बड़ी होकर सामने आती हैं। इसलिए किसी भी पति या पत्नी को चाहिए कि वह ऐसा होने ही न दे, और अगर होता भी है तो शुरुआत में उसे ख़त्म करने की कोशिश करे। छोटी-छोटी परेशानियों को अपने रास्ते की बड़ी बाधा न बनने देने के लिए 'के.एफ.पी.' यानी की फरक पैंदा (अर्थात क्या फ़र्क़ पड़ता है) वाला नज़रिया मददगार हो सकता है।

> हर व्यक्ति को उसके खास अन्दाज में प्यार किए जाने की ज़रूरत होती है। इस मामले में सफलता का मन्त्र है उस व्यक्ति की प्यार की जबान में बात करना और उसे समझना।
>
> कोवे

अपनी नौकरी या व्यापार में सफल होने की ही तरह वैवाहिक जीवन में भी सफल होना उतना ही महत्त्वपूर्ण है। कभी मत भूलें कि जब हम अपने सर्जक से मिलनेवाले होते हैं तो हमें इस बात का मलाल होता है कि हम एक-दूसरे के साथ ठीक से पेश नहीं आए।

अगर आप पति हैं तो क्या कभी ऐसा हुआ है कि घर पहुंचने पर आपको पत्नी तेज़ सिरदर्द से तड़पती मिली हो? तब आपने उसे डॉक्टर के पास ले जाना चाहा होगा। और अचानक वह ज़ोर-ज़ोर से रोने लगे। आप शायद कुछ भी समझ न पाए हों। मगर अनुभव ऐसे में यही कहता है कि उसे डॉक्टर की नहीं बल्कि आपके समय की ज़रूरत है।

वह चाहती है कि आप उसे फूल वगैरह लाकर दें। ऐसा क्यूं होता है? दरअसल, दिन-भर वह घर की और बच्चों की खिटपिट से जूझती रही थी। वह इन सब बातों को दिल से लगाए बैठी रही और जब आप कुछ देरी से घर पहुंचे तो आपकी इस मामूली-सी चूक पर ही वह फट पड़ी। एक ज़िम्मेदार पति होने के नाते आपको यह पता लगाने की कोशिश करनी चाहिए कि उसकी चिन्ता का क्या कारण है। उसके प्रति सहानुभूति जताएं। इससे ज़रूर मदद मिलेगी – बेहद!

चूंकि एक पत्नी अधिक पूर्ण होती है इसलिए उसे लक्ष्यों और परिवार के स्वास्थ्य तथा खुशियों को पाने के लिए 60 प्रतिशत फ़ासला तय करना चाहिए। क्या आपको 'माई फ़ेयर लेडी' का वह गाना याद है जो जन्मदिनों और वर्षगांठों को भूलने के बारे में है? घर के सभी सदस्यों के जन्मदिनों और वर्षगांठों की तारीख़ों पर किसी कैलेंडर या प्लानर पर निशान लगा लें। और अगर आप पत्नी हैं, तो पति को ख़ुद आगे बढ़कर कुछ करने के लिए प्रेरित करें। अपने जीवनसाथी का मार्गदर्शन करनेवाला देवदूत बनें और मिलजुलकर जीवन का आनन्द लें न कि 'क्या सीन है' वाले हालात पैदा करें।

> प्यार का राज यह है कि आप हर रोज़ कुछ-न-कुछ, बेशक़ छोटा ही सही ऐसा काम करें जिससे आपके प्रिय को ख़ुशी मिले – उसका कोई काम, या उसके लिए उपहार, तारीफ़ के दो शब्द, प्रेमपूर्ण मुस्कान, कुछ भी।
>
> जे. डोनाल्ड वाल्टर्स

अपने ख़ुद के, बच्चों के तथा पति के स्वास्थ्य का ख़याल रखें। बीमारी आपके और आपके परिवारजनों के लिए दुखदायी हो सकती है। अपने जीवनसाथी के साथ हर रोज़ सवेरे सैर के लिए जाएं। नियमित जांच के लिए उसे डॉक्टर के पास ले जाएं। इस बात को गांठ बांधकर रख लें कि आप दोनों को लम्बे समय तक जीना है और इसलिए अभी से अपने बुढ़ापे की तैयारी करें।

यह तथ्य हैं कि कुछ समय बाद पति और पत्नी अलग-अलग छोड़ों पर सवार हो जाते हैं। लेकिन अगर वे अपनी दिशाएं भी बदल लें तो

उनकी परेशानियां सचमुच बढ़ जाती हैं। इस सब पर रोक लगाएं। अपने अहंकार को चूर कर दें और अपने जीवनसाथी के साथ उसी की दिशा में बढ़ते चले जाएं – और तब अन्त में आपको ज़रा भी पछतावा नहीं होगा।

8

बंधे-बंधाए ढर्रे से बाहर निकलकर सोचें

अगर आपके जीवनसाथी को खाने-पीने का बहुत शौक़ है

अगर ईश्वर ने आपके जीवनसाथी को ख़ूब पेटू बनाया है, तो इस पर विचार करें : उस कहानी को याद करें जो एक हाथी और छ: अन्धों के बारे में है। पहले अन्धे के लिए उस हाथी की एक तरफ़ दरअसल, एक दीवार थी जबकि दूसरे ने उसके दांत को भाला समझा, तीसरे को उसकी सूंड एक सांप की तरह लगी, चौथे ने उसके पैर को पेड़ समझ लिया, पांचवें को उसके कान पंखा लगे और छठे ने उसकी पूंछ को रस्सी बताया।

> ईश्वर मुझे शान्ति प्रदान करें, उन बातों को स्वीकार करने की जिन्हें मैं बदल नहीं सकता, साहस प्रदान करें उन्हें बदलने का जिन्हें मैं बदल सकता हूं और अन्तर को समझने का ज्ञान दें।

आप भी अपने जीवनसाथी को अपनी आंख, कान, नाक, सिर या दिल से देख-समझ सकते हैं या फिर कहानी के अन्धों की तरह भी उसे देखा जा सकता है। अपने जीवनसाथी की तुलना दूसरों से न करें। इससे कोई फ़ायदा नहीं होगा बल्कि ऐसा करने से आप दुखी ही होंगे। अपने पति या पत्नी को मौज़ करने दें और जी-भरकर खाने-पीने दें। हो सकता है कि यह बात ठीक न हो मगर यह भी सच है कि आपकी चिन्ता दरअसल, आपके जीवनसाथी के आत्मसम्मान के मुक़ाबले दस गुना ज़्यादा ख़तरनाक है।

इसलिए उसके पीछे न पड़ें। इसकी बजाय अपना समय अपने साथी की खान-पान की आदतों को सुधारने के तरीक़े ईजाद करने में लगाएं। जब आप रचनात्मक ढंग से सोचते हैं तो आप एकाध तस्वीर की बजाय आपसी सम्बन्धों और उनकी प्रक्रियाओं को देख पाते हैं और इसी से आपको समस्या की तह में घुसने और उन्हें एक-एक कर सुलझाने में मदद मिलती है।

अगर आपका जीवनसाथी सिगरेट का धुआं उगलता रहता है

सिगरेट पीने की लत के बारे में मुझे एक कहावत याद आती है, "इस बात से कोई फ़र्क़ नहीं पड़ता कि आप छः इंच पानी में डूबे हैं या छः फूट।"

अगर आपका जीवनसाथी चिमनी की तरह सिगरेट का धुआं उगलता है तो आप क्या करेंगे? बहुत आसान है। आप ऐसे में बंधे-बंधाए नज़रिये से सोचने की बजाय कुछ हटकर सोचें। जब आप कहते हैं कि सिगरेट पीना बुरा है, तो आप वही रटी-रटाई बात कहते हैं और तब आप समस्या से बचते नहीं हैं।

मैंने ऐसे कई सिगरेट पीनेवालों को देखा है जो आज भी ज़िन्दा हैं और ख़ुश हैं जबकि सिगरेट नहीं पीनेवाले कई लोग तनावग्रस्त हैं।

मुझे ग़लत मत समझें। मैं यह नहीं कह रहा कि सिगरेट पीना सही है, मैं तो सिर्फ़ यह कह रहा हूं कि यह आदत उतनी भी बुरी नहीं है जितनी आप इसे मान रहे हैं। इसलिए बात का बतंगड़ मत बनाएं!! अपने जीवनसाथी की इस लत को छोड़ने में मदद करें।

अगर आपका जीवनसाथी शराब का सेवन करता है

शराब का नाम आते ही आप उसे पियक्कड़ का नाम देते हैं! यह सब सामाजिक अवसरों पर थोड़े-बहुत से शुरू होता है मगर आत्मसम्मान की कमी और घरेलू या काम की परेशानियों की वजह से बीमारी बन

जाता है।

इस बारे में मैं आपको एक पुरानी सूफ़ी कहानी बताता हूं :

> एक राहगीर को रास्ते में एक शराबी दिखा जो एक लैम्प के नीचे खड़ा कुछ ढूंढ़ रहा था। उस राहगीर ने उसकी मदद करनी चाही तो उसे पता चला कि दरअसल, उस व्यक्ति को अपने घर की चाबियों की तलाश थी। कुछ देर बाद उसने पूछा, "तुमसे कहां गिरी थीं?" इस पर शराबी ने जवाब दिया कि उसके घर के दरवाज़े के सामने ही उसकी चाबियां गिर गई थीं। "तो फिर तुम यहां क्यूं तलाश रहे हो?" राहगीर ने पूछा तो उस शराबी ने जवाब दिया, "क्योंकि मेरे घर के सामने रोशनी नहीं है।"

> एक व्यक्ति उस स्थिति में ही ख़ुद को सुधारना चाहता है जब वह जानता है कि उससे किसी समस्या के समाधान के रूप में सम्पर्क किया जा रहा है न कि समस्या की तरह।
>
> पीज़

जीवन में आप अपनी मूल समस्याओं के रचनात्मक हल तलाशें। स्वाभाविक समाधानों की अनदेखी करें। कभी-कभी चाबियां वास्तव में लैम्प पोस्ट के नीचे गिरी होती हैं मगर अकसर अंधेरे में वे दिखाई नहीं देतीं। आख़िरकार, अगर समाधान आसान होता तो वे कब की मिल गई होतीं। आपको भारी-भरकम हथौड़े की नहीं बल्कि सही हथौड़े की ज़रूरत होती है।

यह समझ लें कि शराब पीना बुरी आदत तो है ही, साथ ही आपके जीवनसाथी के स्वास्थ्य के लिए भी ख़तरनाक है। लेकिन इसके कारण अपने जीवनसाथी को बुरा महसूस न होने दें और इस बात का भी ध्यान रखें कि उसका आत्मसम्मान भी आहत न हो।

अपने जीवनसाथी के साथ धैर्य से पेश आएं। याद रखें कि आपके साथी को ख़ुद इस बात का अहसास होना चाहिए कि उसे शराब की बुरी आदत से ख़ुद को मुक्त करना है, तभी वह इसे छोड़ सकता है। आप अपने जीवनसाथी को यह अहसास कराने में मदद कर सकते हैं या कर सकती हैं।

मेरे एक दोस्त का वज़न 130 किलोग्राम है। वह समारोह वगैरह के अवसर पर जमकर शराब पीता है, ख़ूब खाता है और बहुत सिगरेट भी पीता है। उसकी हमेशा हंसती रहनेवाली पत्नी दूर से यह सब देखकर मज़ा लेती है। मैंने आज तक इतनी सहयोगी पत्नी नहीं देखी। वह पिछले तीस साल से ऐसा ही करती आई है। एक बार मैंने उससे इस बारे में पूछा तो उसका जवाब था, "उन्हें मज़ा करने दो। वह इतने बड़े हैं कि अपना और अपने परिवार का भला-बुरा ख़ुद सोच सकते है।"

मैं आपको एक मज़ेदार कहानी सुनाता हूं :

अमरीकी गृहयुद्ध के दौरान कुछ जनरलों ने अब्राहम लिंकन से शिकायत की कि जनरल ग्रांट को पीने का बहुत शौक़ हैं। इस पर लिंकन ने जवाब दिया कि वे उनके साथ अगले दिन होनेवाली बैठक में इस बारे में चर्चा करेंगे। लिंकन बहुत समझदार व्यक्ति थे और उन्होंने इस पर काफ़ी सोच-विचार करने के बाद ख़ुद को उसकी जगह रखकर देखा। अगले दिन बैठक में उन्होंने पूछा, "मुझे बताओ कि जनरल ग्रांट को कौन-सी ब्रांड की शराब पसन्द हैं? हो सकता है कि वह इसी की वजह से तमाम युद्ध के मोर्चों पर विजयी रहते हैं! अगर ऐसा है तब तो मुझे उनकी पसन्दीदा शराब का पूरा स्टॉक उन्हें हर महीने भिजवाना चाहिए!"

यदि आपके पति घर-बार का पूरा-पूरा ध्यान रखते हैं और अच्छे इनसान हैं तो उन्हें धीरे-धीरे शराब से दूर कीजिएं। हर रोज़ हंगामा खड़ा करने से कोई फ़ायदा नहीं होगा। लेकिन यदि उनकी समस्या हद से ज़्यादा बढ़ चुकी है तो फिर पेशेवर सहायता और सलाह लेने से मत चूकें।

9 अपने जीवनसाथी की हौसला-अफ़ज़ाई करें

अपने जीवनसाथी की हौसला-अफ़ज़ाई कर उसके हाथ मजबूत करें। समाज में अन्य लोगों के साथ सम्पर्क कायम करने में अपने जीवनसाथी की मदद करें। इसके लिए आपको सामाजिक स्तर पर बहुत ज़्यादा सक्रियता की ज़रूरत नहीं है बल्कि मददगार बनना है। अमरीका में जो महत्त्व टोलोडेक्स का है, वही स्थान हमारे यहां विज़िटिंग कार्ड फ़ोल्डर का है। अमरीकियों के लिए टोलोडेक्स की अहमियत इतनी अधिक है कि वे कहते हैं : अगर आपके घर में आग लग जाए तो बेशक़ अपने जेवर, शादी की एलबम को भी आप छोड़ दें मगर अपना टोलोडेक्स किसी तरह बचा लें।

> परिवार का हिस्सा होने का सबसे अच्छा पहलू यही है कि आप एक-दूसरे को प्रोत्साहित कर सकते हैं। आप एक-दूसरे पर भरोसा कर सकते हैं। आप एक-दूसरे से सच कह सकते हैं।
>
> कोवी

जन्मदिन कार्ड, दीवाली कार्ड, नववर्ष के कार्ड वगैरह सहेजकर रखें। मददगार बनें। अपना काम पूरा करें। प्यास लगने से पहले अपना कुआं खोद लें। आपका विज़िटिंग कार्ड फ़ोल्डर ज़रूरत के समय देवदूत की भूमिका निभा सकता है – नई नौकरी तलाशते समय, व्यापार बढ़ाने के लिए, छुट्टियों की योजना बनाते वक़्त, शादी-विवाह से सम्बन्धित ज़रूरी जानकारी जुटाने जैसे कामों तक में यह उपयोगी हो सकता है। यह आपके लिए गणेशजी

के हाथ के समान हो सकता है! सम्पर्क बढ़ाने, मेलजोल रखने और ज़रूरी सूचनाएं संभालकर रखने के लिए इसे अपने ब्रह्मास्त्र की तरह इस्तेमाल करें। हो सकता है कि यह ब्रह्मास्त्र आपके जीवनसाथी की सफलता सुनिश्चित न कर पाए। लेकिन ज़रूरत पड़ने पर इसका पास में होना अच्छा है। याद रखें कि आपके 96 फीसदी सम्पर्क आपके जीवनसाथी की कोई मदद नहीं कर पाएंगे, लेकिन कोई एक ऐसा होगा जो सब-कुछ बदलकर रख देगा।

भारत में आनेवाले वक़्त में हो सकता है कि आपके जीवनसाथी को अपनी नौकरी से हाथ धोना पड़े। इसलिए उसे अभी से इस बात के लिए प्रेरित करें कि वह सम्पर्क विकसित करने के साथ-साथ अपनी योग्यता/कौशल भी बढ़ाए। उसे इस बात के लिए उत्साहित करें कि वह लक्ष्य से बढ़कर काम करे। याद रखें कि आपको प्रेरित करना है, तकाजे नहीं करने हैं।

अपने जीवनसाथी के साथ क़दमताल करें। उसके सपनों के भी भागीदार बनें। उसके दोस्त बनें। अपने जीवनसाथी को ही अपनी दुनिया बना लें। कभी भी संकोच को अपने रास्ते की बाधा मत बनने दें। साथ मिलकर चलें। सोचें। समझें। अभिव्यक्त करें। तार्किकता की कसौटी पर परखें। अपने जीवनसाथी के साथ समझदारी से बात करने से पहले तैयारी कर लें। उससे ऐसे सवाल करें जो उसे सोचने के लिए प्रेरित करें। सुनने की आदत बनाएं। अपने जीवनसाथी का मजबूत आधार बनें। अपने जीवनसाथी का सलाहकार बनें।

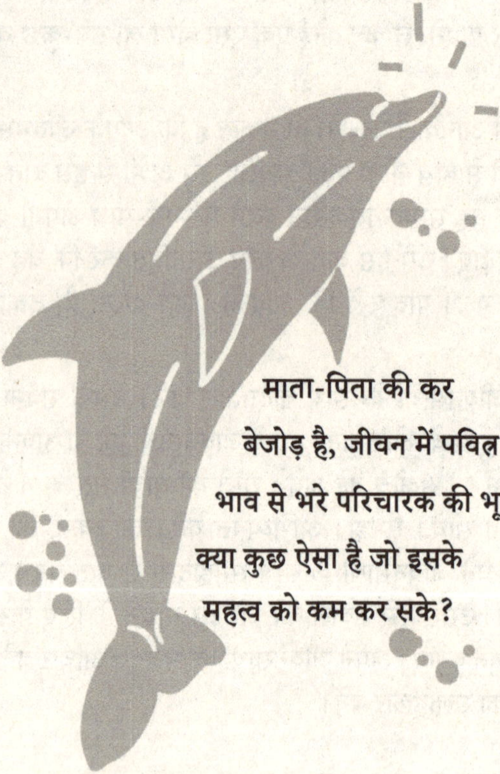

माता-पिता की कर

बेजोड़ है, जीवन में पवित्र

भाव से भरे परिचारक की भूमिका।

क्या कुछ ऐसा है जो इसके

महत्व को कम कर सके?

दो

आप और आपके बच्चे

एक समय था जब माता-पिता बच्चों को पारम्परिक तरीक़ों से पाल-पोसकर बड़ा करते थे। लेकिन आज हालात बदल चुके हैं और बच्चों को समय के मुताबिक़ ढालने की शिक्षा देने से पहले हमें ख़ुद कुछ सबक लेने होंगे! हम बच्चों को मूल्यों के बारे में तभी सिखा सकते हैं जबकि उन्हें इस विषय में बताने के साथ-साथ ख़ुद वैसा ही आचरण भी करें – यानी उनके लिए हमें अपना उदाहरण पेश करना होगा।

बेशक़ मैं हमेशा अपने बच्चों का सर्वश्रेष्ठ पिता नहीं बन पाया हूं लेकिन मैं ऐसा करने की पूरी कोशिश करता हूं। पिता होने के नाते मैं अब भी इस कहावत से कुछ सीख लेता हूं :

बच्चे अपने माता-पिता की बातों पर भले ही कान न दें,
मगर उनकी आदतें अपनाने से वे कभी नहीं चूकते।

अभिभावक और बच्चों को लेकर अपने शोध से मैंने यह निष्कर्ष निकाला है कि अच्छे अभिभावक बनने और बच्चों को संस्कारवान बनाने पर 70:30 का फार्मूला लागू होता है – यानी 70 प्रतिशत प्रयास और 30 प्रतिशत आपकी क़िस्मत। बच्चों के सफल भविष्य में भाग्य की भूमिका बेशक़ अहम है लेकिन मेरा अनुभव कहता है कि यदि हम कड़ी मेहनत और सकारात्मक प्रयासों पर ध्यान दें तो हमारा 30 प्रतिशत भाग्य भी पलट सकता है।

जीवन भी बड़ा ही मज़ेदार है। हमें आए दिन मारुति, ओनिडा,

यामाहा और हज़ारों दूसरी ब्रांड के मैनुअल देखने को मिलते हैं। मगर बच्चों को कैसे संभाला जाए, इस बारे में कोई सामग्री उपलब्ध नहीं होती। मैं आपके साथ अपने उन अनुभवों को बांटना चाहता हूं जो मैंने बतौर पिता अपने 70 प्रतिशत प्रयासों के सन्दर्भ में बटोरे हैं। इनसे आपको अपने बच्चे के लिए मैनुअल तैयार करने में मदद मिलेगी। और अगर आप सफल हो जाएं तो इस मैनुअल को बच्चों के साथ बैठकर, हाथ में लाल स्याहीवाले पेन को लेकर नियमित रूप से पढ़ें। अख़बारों और पत्रिकाओं की कतरनों से अपनी ख़ुद की स्क्रैपबुक तैयार करें। अपने दोस्तों और सम्बन्धियों से बातचीत करें। ग़ौर से देखें। प्रयोग करें। सोचें-विचारें। अपनी राय व्यक्त करें। और उस मैनुअल को अपने हिसाब से बदल डालें।

10

प्यार के बन्धन विकसित करें

अभिभावक के रूप में आप तभी सफल होते हैं जब आपके बच्चे बड़े होकर अच्छे इनसान बन जाते हैं। अकसर हम अपने बच्चों पर अव्यावहारिक अपेक्षाओं का बोझ लाद देते हैं। डब्ल्यू. लिविंगस्टोन लार्नेड का अपने बेटे को लिखी यह चिट्ठी दर्शाती है कि कभी-कभी हम अभिभावक के तौर पर बच्चों से कितनी बड़ी-बड़ी ख़्वाहिशें रखते हैं जबकि वास्तव में हमारा ऐसा इरादा नहीं होता :

पिता भूल जाता है...

सुनो बेटा : मैं तुमसे उस वक़्त यह कह रहा हूं जबकि तुम सो रहे हो, तुम्हारा नन्हा हाथ तुम्हारे गाल के नीचे दबा है और सुनहरे बालों की एक लट तुम्हारे गीले माथे पर चिपकी है।

मैं तुम्हारे कमरे में अकेले चला आया हूं। अब से कुछ देर पहले मैं लाइब्रेरी में अख़बार पढ़ रहा था मगर तभी पश्चात्ताप की एक हिलोर आई और मुझे बहाकर ले गई। अपराध-बोध में जकड़ा हुआ मैं तुम्हारे कमरे में आ गया।

मैं जो बातें सोच रहा था, वे ये हैं : मैं तुमसे नाराज़ था। जब तुम स्कूल के लिए तैयार हो रहे थे तब मैंने तुम्हें डांटा भी क्योंकि तुमने अपने चेहरे पर तौलिया थपथपाया-भर था। मैंने तुम्हें इसलिए भी झिड़का क्योंकि तुमने अपने जूते साफ़ नहीं किए थे। जब तुमने अपनी कुछ चीज़ें ज़मीन पर गिरा दीं, उस वक़्त भी मैं तुम पर गुस्साया।

फिर नाश्ते के दौरान भी मुझे तुम्हारी ग़लतियां दिखीं। तुमने खाने-पीने की चीज़ें गिराईं। तुमने अपना खाना तेजी से निगल लिया था। तुमने मेज पर अपनी कुहनियां टिका रखी थीं। तुमने ब्रेड पर मक्खन की मोटी परत लगाई थी। फिर जब तुमने खेलना शुरू किया और मैं भी ट्रेन पकड़ने के लिए निकलने लगा, तो तुमने मुड़कर मेरी तरफ़ हाथ हिलाते हुए कहा – 'गुड बाय डैडी!' इस पर भी मैंने तुम्हें यह कहते हुए झिड़क दिया कि ठीक से खड़े होओ।

दोपहर बाद भी यह सब फिर शुरू हो गया। लौटते हुए मैंने तुम्हें चोरी-छिपे देखा कि तुम घुटनों के बल झुके हुए कंचे खेल रहे थे। तुम्हारी जुराब में जगह-जगह छेद थे। तुम्हें डपटते हुए अपने आगे-आगे घर तक खदेड़कर लाकर मैंने तुम्हारे दोस्तों के सामने तुम्हारी बेइज़्ज़ती की। वे जुराब महंगे थे – अगर तुम उन्हें ख़रीदोगे तो उनका ज़्यादा ध्यान भी रखोगे। एक पिता के नज़रिये से यह सोचकर देखो।

तुम्हें याद है कि बाद में जब मैं लाइब्रेरी में पढ़ रहा था तो तुम सहमी आंखों से कमरे तक आए थे? जब मैंने अख़बार के ऊपर से नज़रें उठाकर देखा कि मुझे क्यूं परेशान किया जा रहा है और पूछा, "क्या बात है?" तब तुम दरवाज़े पर ही ढिठक गए। तुमने कुछ नहीं कहा और तभी अचानक भागकर मेरे पास आ गए थे, अपनी नन्ही बांहें तुमने मेरे गले में डाल लीं और मुझसे लिपटकर मुझे चूमा और तुम्हारी बांहें उस प्यार से कसती चली गईं जिसका पौधा ईश्वर ने तुम्हारे दिल में रोपा है और जो उपेक्षा की मार झेलकर भी मुरझा नहीं सकता। फिर तुम लौट गए, सीढ़ियों पर खटखट पटपट करते हुए।

बेटे, तुम्हारे जाने के थोड़ी ही देर बाद मेरे हाथ से अख़बार छूटकर गिर गया और एक अनजान डर ने मुझे हर तरफ़ से घेर लिया। आख़िर मैं आदतन क्या करता चला जा रहा था? ग़लतियां ढूंढ़ना और तुम्हें फटकार लगाना – बेटा होने का यही पुरस्कार दिया मैंने? ऐसा नहीं है कि मैं तुम्हें प्यार नहीं करता था, दरअसल,

मेरी अपेक्षाएं तुमसे ढेरों थीं। मैं अपने ही गुज़रे वर्षों की कसौटी पर तुमको भी परख रहा था।

सच तो यह है कि तुम्हारे चरित्र में बहुत कुछ था जो अच्छा, सच्चा और बेहतरीन था। तुम्हारा नन्हा दिल उस ऊंची पहाड़ी पर पसरी सुबह की तरह विशाल था। कमरे में तुम्हारे आने और मुझसे लिपटकर गुडनाइट करने के तुम्हारे अन्दाज़ से यह स्पष्ट है। आज रात मेरे लिए और कुछ मायने नहीं रखता, मेरे बेटे। मैं अंधेरे में तुम्हारे सिरहाने आया हूं और घुटने टेक दिए हैं मैंने, मैं शर्मसार हूं!

लेकिन यह तो मामूली पश्चात्ताप है; मैं जानता हूं कि अगर तुम्हारे जागते हुए मैं ये बातें तुमसे कहता तो शायद तुम्हें ये समझ नहीं आतीं। लेकिन कल मैं असली डैडी बनूंगा! मैं तुम्हारे साथ पूरी दोस्ती निभाऊंगा, तुम्हारे परेशान होने पर ख़ुद भी परेशान होऊंगा और तुम्हारे हंसने पर मैं हंसूंगा। जब मेरे मुंह से ग़लत शब्द निकलेंगे तो मैं अपनी जीभ को भींच लूंगा।

मैं बार-बार मन्त्र की तरह यह कहता रहूंगा, "वह क्या है अभी – एक छोटा बच्चा ही तो है!" मेरी ग़लती थी कि मैं तुम्हें एक आदमी समझने लगा था। और अब जब मैं तुम्हें बिस्तर पर औंधे लेटे हुए देख रहा हूं, तो मुझे तुम शिशु की तरह दिख रहे हो। कल ही की तो बात है जब तुम अपनी मां की गोद में थे, उसके कन्धों पर सिर टिकाए हुए। मैंने सचमुच तुमसे बहुत ज़्यादा उम्मीदें रखी भी थीं।

> जीवन के साथ समझौता कैसे करना है, इस बारे में माता-पिता बच्चों से बहुत कुछ सीखते हैं।

रामायण और महाभारत के काल से ही बच्चों को संभालना काफ़ी चुनौतीपूर्ण काम रहा है। चुनौती होती है असम्भव को ख़ूबसूरत बनाने की। इसके साधारण समीकरण नहीं होते और न ही इसके पीछे कोई विज्ञान छिपा है। बच्चों का पालन-पोषण बस एक कला है, और अभ्यास तथा धैर्य से कोई भी इस कला में पारंगत हो सकता है।

बच्चे भविष्य में कैसे बनते हैं, इसे देखकर अभिभावकों को अपने

बारे में सही या ग़लत होने का फ़ैसला ख़ुद कर लेना चाहिए क्योंकि बच्चों को ढालने में उनकी बहुत बड़ी भूमिका होती है। इसके लिए ढेर सारा आत्म-नियन्त्रण और धैर्य चाहिए और साथ ही यह सब करने की बुद्धिमानी भी जिसे देखकर बेशक़ यह लगता हो कि यह अनुशासन का कठोर सबक है, अगर वास्तव में वह आवश्यक हो।

बच्चे पूंजी होते हैं लेकिन जब मां-बाप से उनके पालन-पोषण में कोई चूक हो जाती है तो वे उनके लिए ज़बरदस्ती की ज़िम्मेदारी बन जाते हैं। इसलिए बच्चों को संभालने से पहले माता-पिता को ख़ुद को संभालना आना चाहिए।

पिता के तौर पर मैंने दूसरे विश्वयुद्ध की इस घटना से सबक लिया है। यह पर्ल हार्बर में अमरीकी नौसेना को मिली हार के कुछ साल बाद की घटना है। जापानी सेना से टक्कर लेने के लिए नए बेड़े को प्रशान्त महासागर में भेजा गया। बेड़े का प्रमुख एडमिरल ऑफ़िसरों की मेस में सुस्ता रहा था। उसे इस तरह देखकर रिपोर्टरों ने पूछा कि वह आराम कैसे कर पा रहा है जबकि उसके सैनिक भीषण समुद्री युद्ध में फंसे हैं।

इस पर एडमिरल ने बड़े ही शान्त भाव से जवाब दिया, "मैंने अपनी क्षमता के हिसाब से उन्हें अच्छा प्रशिक्षण दिया, अच्छे हथियार सौंपे और ज़रूरी बातें भी समझा दीं। मैंने वह सब किया जो मैं कर सकता था। चूंकि अब मेरे सैनिक समुद्र में हैं तो मैं कुछ भी नहीं कर सकता। तो फिर मैं चिन्ता करके ख़ुद को तनावग्रस्त क्यों करूं।"

> निगरानी करने की अपनी भूमिका आप किस तरह निभाते हैं, इसका आपके बच्चे द्वारा ख़ुद का मूल्यांकन करने तथा प्रभावित कने और सिखाने की आपकी योग्यता पर ख़ासा असर पड़ता है।

बच्चे भी जहाज़ों की तरह होते हैं और एक बार समुद्र में उतरने के बाद उन्हें ख़ुद ही अपना ध्यान रखना होता है। हम हमेशा उनका ध्यान नहीं रख सकते। इसलिए जब तक वे हमारे साथ हैं तब तक हमें उन्हें अच्छी शिक्षा देनी चाहिए। ऐसा हम कुछ नहीं करें जिससे उन्हें शर्मिन्दा होना पड़े।

हमें उनके साथ वह सब बांटना चाहिए जो हम पढ़ते हैं, देखते हैं, सोचते हैं या करते हैं। हमें अपने से बड़ों की इज़्ज़त करनी चाहिए ताकि वे भी ऐसा ही करें | यह याद रखें कि वे हम पर हमेशा नज़र रखे हुए हैं, ठीक उस तरह जैसे ईश्वर हम सबको देखता रहता है। माना कि हम सभी से ग़लतियां होती हैं – कभी छोटी और कभी काफ़ी बड़ी भी। लेकिन हमें हमेशा माफ़ी मांगने के लिए तैयार रहना चाहिए – अपने शब्दों और कर्मों दोनों से।

हमें इस बात की परवाह भी नहीं करनी चाहिए कि हम उन्हें वह सब नहीं दे सकते जो दूसरे अभिभावक दे रहे हैं। मसलन, गोवा या कश्मीर में छुट्टियों का लुत्फ़ या स्कूल-कॉलेज जाने के लिए बी.एम. डब्ल्यू. गाड़ियां। लेकिन हमें उस वक़्त उन्हें सहलाने के लिए उनके पास मौजूद रहना चाहिए जब उन्हें कोई चोट पहुंचे या वे निराशा से घिरे हों। हमें इस बात की कोशिश करनी चाहिए कि जीवन की बेहतरीन मुस्कान उनके चेहरों पर खिली हो और जब वे लड़खड़ाएं, तो हम उन्हें सहारा देने के लिए मौजूद हों। जब उनकी आंखों में आंसू हों तो उन्हें यह भरोसा होना चाहिए कि हम उन्हें पोंछने के लिए वहां होंगे।

11

अपने बच्चों के साथ 13 क़दम चलें

अभिभावकों और बच्चों के सम्बन्धों पर विचार करते हुए मैं इस निष्कर्ष पर पहुंचा हूं कि अभिभावकों को हर मौक़े पर, हर दिन ख़ुद को बच्चों की जगह रखकर देखना चाहिए। क्या आपने कभी ख़ुद से इस बात की शिकायत की है कि आपका बच्चा आपको नहीं समझता? अगली बार जब आप यह बात दोहराएं तो सोचें कि ऐसा आप नहीं बल्कि आपका बच्चा अपने-आप से कह रहा है। निश्चित रूप से आप दोनों के बीच बातचीत का सिलसिला टूटा हुआ है और इसे फिर से शुरू करने के लिए आपको हर सम्भव प्रयास करना चाहिए।

> जब आप समझते हैं तब आप फ़ैसला नहीं करते।
>
> कोवे

बच्चों को पालपोसकर बड़ा करना अभिभावकों के लिए महत्त्वपूर्ण मगर मुश्किल काम है। यह ऐसा काम है जो सभी माता-पिता करते हैं, भले ही उन्हें इसका अनुभव या औपचारिक प्रशिक्षण हो अथवा नहीं।

बच्चों को पालने-पोसने के विषय पर ग़ौर करने, पढ़ने, विचार-विमर्श करने तथा अपने ख़ुद के तीस वर्षों के अनुभव और अभिभावकों के साथ इस बारे में चर्चा के बाद मैंने जो सामग्री तैयार की है, उसे आप 'अपने बच्चों का पालन-पोषण कैसे करें' नाम दे सकते हैं। यहां बताए गए उपाय काफ़ी सरल हैं और आप आज से ही उन पर अमल करना शुरू कर सकते हैं। याद रखें कि अपने बच्चे को हर लिहाज से अच्छा बनाने की तैयारी कभी भी शुरू की जा सकती है।

आपके लिए 8 क़दम

अच्छे अभिभावक बनने की दिशा में प्रयास शुरू कर बच्चों में सही नैतिक मूल्यों का विकास करें। मैंने आठ ऐसे उपाय तय किए हैं जिन्हें बतौर अभिभावक हमें अपनाना चाहिए।

उपाय 1 : कहानी सुनाने की कला सीखें

अच्छी कहानियां आपके बच्चे में जीवन के प्रति सकारात्मक रवैया पैदा करने और उन्हें अधिक मित्र बनाने में भी सहायक होती हैं। कहानियां, और वे भी पंचतन्त्र जैसी पुस्तकों की छोटी कहानियां इस लिहाज से अच्छी होती हैं और जब कभी आपके बच्चे के राह से भटकने की आशंका हो तो ये कहानियां ही उनके लिए चेतावनी सूचक बन जाती हैं। शायद लगभग सौ कहानियां ही पर्याप्त हैं मगर आप बढ़ते बच्चों को इन्हें बार-बार सुनाते रहिए। प्यासा कौआ, शेर और चूहा जैसी कहानियां जीवन के आरम्भिक वर्षों में जो प्रभाव उन पर डालेंगी, वैसा असर शायद बाद में कॉलेज की डिग्रियां भी नहीं दिखा पाएं।

> चुनाव में जीत हासिल करने से भी ज़्यादा मुश्किल है एक बच्चे से बात करना उसे लुभाना। लेकिन इसी में ज़्यादा ख़ुशी भी छिपी है।
>
> कोलेट

उपाय 2 : उनका मित्र बनें

बच्चों के मन से 'अगर ऐसा हुआ तो' जैसी आशंकाएं दूर करें और उन्हें भरोसा दिलाएं कि वे जब कभी भी मुश्किल या सन्देह में होंगे तो आप उनकी मदद के लिए हमेशा साथ होंगे। आप उनकी बचकाना आशंकाओं या बेवकूफी-भरे विचारों पर हंसने की बजाय उनकी सोच को दुरुस्त करेंगे। उन्हें आपका पूरा-पूरा समर्थन मिलता रहेगा। उन्हें बताएं कि वे जब चाहें आपके पास आ सकते हैं और अपनी ग़लतियां बता सकते हैं तथा यह भी कि आप इस बारे में आनन-फानन में कोई फ़ैसला करने की बजाय पहले उनकी पूरी बात सुनेंगे और जैसा ज़रूरी

मां-बाप से बढ़कर बच्चे का कोई दोस्त या प्यारा नहीं हो सकता।

हुआ वैसी मदद भी करेंगे। उन्हें बताएं कि वे आपके बच्चे हैं और जीवन-भर उनका यही दर्जा रहेगा, भले ही जीवन में उनके साथ कुछ भी हो जाए – चाहे वे चपरासी बनें या राष्ट्रपति, ग़रीब से ग़रीब इंसान हों या अमीर से अमीर बन जाएं। उनके प्रति आपका विश्वास ज़रूरी है।

उपाय 3 : उनकी जगह ख़ुद को रखकर देखें

बच्चों की परिस्थितियों की तुलना अपनी उन स्थितियों से मत करें जो कम-से-कम पच्चीस साल पहले तब थीं जबकि आप उनकी उम्र के थे। तबसे अब तक हालात बहुत-बदल चुके हैं। आप अपने माता-पिता के भक्त होते थे और यह तब के सामाजिक माहौल का असर था; आप उनकी हर बात को बग़ैर न-नुकुर के मान लिया करते थे।

किसी बच्चे के बारे में तब तक कोई राय नहीं बनाएं जब तक आप उसकी जगह ख़ुद को रखकर नहीं देख लें।

लेकिन याद रखें कि आपके बच्चे आज के उस समाज की उपज है जो 'सूचना विस्फोट' की स्थिति से गुज़र रहा है। आपके बच्चे सामाजिक मूल्यों को लेकर भ्रमित हैं। इसलिए उनके साथ धैर्य से पेश आएं। वे समझदार हैं। आपके पचास वसन्तों के बराबर अनुभव और ज्ञान उन्हें अपने जीवन के पच्चीस वसन्त देखने पर ही हो जाता है।

अच्छा अभिभावक बनने के लिए आपको ख़ुद को उनकी जगह रखकर देखना होगा और यह समझना होगा कि आपके बच्चों की भावनाएं तथा ज़रूरतें आपसे अलग हैं। बच्चों से कभी अहसान मानने की उम्मीद मत रखें, और अगर कभी ऐसा होता भी है, तो इसे सुखद आश्चर्य की तरह लें। आपके बच्चे सोचते हैं कि आप उन्हें जो कुछ भी देते हैं वह पाना तो उनका जन्मसिद्ध अधिकार है – दरअसल, बचपन से ही उन्हें ऐसी सोच के मुताबिक़ ढाला गया है। आप अपने बच्चों के लिए वही कर रहे हैं जो आपके पिता ने आपके लिए किया – यह क्रम अनन्त समय से चलता आ रहा है और हमेशा जारी रहेगा।

जब मैं छोटा था तो मैं एक साइकिल पाना चाहता था और मैं उस वक़्त बहुत ख़ुश हुआ जब मेरे पिता ने मुझे वह ख़रीदकर दी। मेरे बेटे ने हमेशा मुझसे एक राजदूत पाने की तमन्ना रखी मगर वह कभी पूरी नहीं हो पाई। मैंने उसे इस बात के लिए राजी कर लिया कि पहले वह अपने कॉलेज की पढ़ाई पूरी कर ले और फिर जो भी अच्छा हो वह ख़रीदे। वह समझदार निकला और उसने अपने आनेवाले कल की ख़ातिर अपने आज को कुर्बान किया और नतीजा यह है कि आज उसके पास एक होंडा एकॉर्ड है।

उपाय 4 : उन्हें अपना समय दें

अपने बच्चों के साथ समय बिताएं। उनके साथ खेलें, उन्हें पढ़कर सुनाएं, होमवर्क में उनकी मदद करें और उनसे उनके दोस्तों के बारे में पूछें। बोलें कम; सुनें ज़्यादा। उन्हें अपना दिल खोलकर दिखाने का पूरा मौका दें।

कभी-कभी बच्चों का अपने पिता के साथ अजीबोगरीब सम्बन्ध होता है। आमतौर पर अपनी मांओं के साथ उनका सम्बन्ध सहज होता है मगर पिता के साथ बोलने-चालने पर भी उन्हें आफत महसूस होती है। लेकिन समय बदल रहा है। मौजूदा समय में पिता भी बच्चों को बड़ा करने में अहम भूमिका निभाते हैं।

अगर आप पिता हैं, तो यह सुनिश्चित करें कि बच्चों के साथ आपका दोतरफ़ा संवाद हो। यह काम मुश्किल ज़रूर है मगर नामुमकिन नहीं। उनके मन में यह विश्वास पैदा करें कि जब भी उन्हें ज़रूरत होगी आप उनके आसपास ही होंगे। जीवन के कुछ ऐसे पहलू भी होते हैं जिनके बारे में वे मां की बजाय आपसे बात करना चाहेंगे। ऐसे महत्त्वपूर्ण अवसरों पर उनके लिए उपलब्ध रहें।

बच्चों के साथ पेश आते हुए इस बात का ध्यान रखें कि कई बार शब्दों की बजाय चुप्पी ज़्यादा कारगर होती है। उनकी बात ध्यान से सुनें। शायद कभी ऐसा समय भी होगा जब वे अपने बेहद निजी विचारों को आपके साथ बांटना चाहेंगे।

यदि आप अपने बच्चों को बेहतर बनाना चाहते हैं तो उनके साथ दोगुना समय बिताएं लेकिन उन पर आधा पैसा ही ख़र्च करें।

मैं हर रविवार को अपनी बेटी को कार से ट्यूशन क्लास के लिए छोड़ने जाता था। उसे वहां तक ले जाने में पूरे एक घंटे का समय लगा करता था। उसे अपनी सबसे क़ीमति चीज़ – यानी अपना समय देने पर मैं उसे बेहतर ढंग से समझ सका। मैंने उसे बताया कि रविवार सवेरे का वक़्त उसके साथ बिताना मुझे अच्छा लगता है न कि यह कि उसकी वजह से मेरा छुट्टी का दिन ख़राब हो रहा है।

जब आपके बच्चों को आपकी ज़रूरत हो तो उनके पास होने की कोशिश करें। अपने बच्चों को इस बात का अहसास कराएं कि उनके मां-बाप न सिर्फ़ उन्हें प्यार करते हैं, बल्कि उनकी देखभाल भी करते हैं। ऐसे मां-बाप मत बनें जो अपने बच्चों को सब-कुछ लाकर देते हैं – टी.वी., वी.सी.आर, हाइ-फाई वगैरह – सिवाय अपने समय के।

अपने व्यस्त जीवन में से समय निकालें और उनके साथ बिताएं। उन्हें आपके समय की सबसे ज़्यादा ज़रूरत है। बच्चे यह जान जाते हैं कि उनके माता-पिता उनके लिए कुछ त्याग कर रहे हैं और वे इस बात को कभी नहीं भूलते। आख़िर में यही निष्कर्ष निकलता है कि जो अभिभावक ज़्यादा सहते हैं, वही अपने बच्चों के मामले में अधिक सन्तुष्ट भी होते हैं। इसलिए अपने बच्चों के लिए त्याग करना सीखें। उन्हें सिर्फ़ आर्थिक सहयोग न दें।

उपाय 5 : उनकी आलोचना मत करें

अपने बच्चों की आलोचना न करें, ख़ासकर दूसरों के सामने तो भूलकर भी नहीं। अगर आप उन पर चीख़ेंगे-चिल्लाएंगे या पीटेंगे तो वे ख़ुद को छोटा, परेशान और दुखी महसूस करेंगे, और तब वे और भी ज़िद्दी बन जाएंगे। उनके साथ ठंडे दिमाग़ से पेश आएं। अगर आपको गुस्सा भी आ रहा हो तो उन पर चीख़ें नहीं। उन्हें ख़ुद ही मामला सुलझाने का समय दें।

उनसे असम्भव काम कर दिखाने की अपेक्षा मत रखें। बच्चों को आलोचना की बजाय उदाहरण की ज़्यादा ज़रूरत होती है। कुछ बच्चे 10 की उम्र में कमाल करते हैं, कुछ 20 साल के होने पर...तो कुछ 30 की उम्र में ऐसा कर पाते हैं। इसलिए बेसब्र मत बनें। और सबसे महत्त्वपूर्ण बात तो यह है कि अपने बच्चे की तुलना कभी भी दूसरे बच्चे के साथ मत करें। तुलना करने का काम बहुत बुरा होता है और इससे आपके बच्चे का ख़ुद पर भरोसा नहीं रहेगा।

> अपने बच्चों की तारीफ़ खुलेआम करें, मगर उन्हें फटकार अकेले में लगाएं।
>
> सेसिल

उपाय 6 : अच्छा उदाहरण बनें

जैसे-जैसे आपके बच्चे बड़े होंगे वे ख़ुद को सुधारने के तरीक़े ईजाद कर लेंगे जो शिक्षा, प्रशिक्षण और दूसरों के साथ सम्पर्क में आने से ही वे सीखते हैं – और सबसे अधिक तो आपको देखकर। इसलिए आप अपने बच्चों को जैसा बनाना चाहते हैं पहले ख़ुद वैसा बनें – अपने ख़यालों, बातों, कर्मों और भावनात्मक प्रतिक्रियाओं में।

बच्चे नकलची होते हैं और उनका दिमाग़ी एंटीना आपका ही सिगनल ग्रहण करने का आदी होता है। वे आपको बहुत बारीक़ी से देखते हैं। उनकी उम्र देखकर बुद्धू मत बन जाएं। वे निश्चित रूप से आपकी सोच से भी कहीं ज़्यादा आपके मुताबिक ढल रहे होते हैं। उन्हें ईमानदारी, निष्ठा, लगन, शिष्टाचार और विनम्रता के संस्कार दें।

> जिस तरह पेड़ की जड़ें उसके विभिन्न भागों के लिए पोषक तत्त्व और जीवन जुटाती हैं, उसी तरह आपका अपना उदाहरण आपके सम्बन्धों को, संगठित करने के आपके प्रयासों को तथा सिखाने के आपके अवसरों को जीवन्त बनाता है।

ख़ुद पर काबू रखकर उन्हें आत्म-नियन्त्रण की सीख दें। जब वे ग़लती करें तो उन्हें चिल्लाकर समझाने की बजाय, सही क्या है इसका उदाहरण देकर समझाएं। याद रखें कि ग़ुस्सा एक महंगा शौक़ है जिसे अत्यधिक संसाधनोंवाले लोग ही पूरा कर सकते हैं। यह किसी व्यक्ति

के विकास के दोष को भी दर्शाता है। इसलिए इससे बचें। जब नौकर आपकी चाय में एक चम्मच ज़्यादा चीनी मिला दे तो उस पर गुस्सा मत करें। सोचें कि क्या यह गुस्सा करने की बात है? लेकिन कई लोग ऐसा ही करते हैं। जो बच्चे अपने माता-पिता को नौकरों पर बरसते हुए या गुस्से में चीज़ें पटकते देखते हैं, वे बड़े होने पर ख़ुद भी वैसा ही करते हैं।

यदि कोई फ़ोन करना ज़रूरी न हो तो ऐसा न करके या ज़्यादा पैसा ऐंठनेवाले टैक्सी ड्राइवर को फटकार लगाकर बच्चों के सामने उदाहरण पेश करें। जितना सम्भव हो, उतना ईमानदार, सच्चे और निष्ठावान बनने की कोशिश करें। आपका बच्चा आपकी हंसी उड़ा सकता है लेकिन बाद में उसे आप पर गर्व ही होगा।

> एक दफ़ा, महान अकबर को विदेशी इत्र की शीशी किसी ने भेंट की। उसे छिड़कते समय एक बूंद फर्श पर गिर गई। बादशाह ने तुरन्त झुककर उस जगह को अपनी उंगलियों से रगड़ा। उनकी नज़र बीरबल पर पड़ी जो उन्हें बड़े ध्यान से ऐसा करते हुए देख रहा था। अगले दिन शर्माए अकबर ने अपने दरबार में घोषणा करवा दी कि उनके महल के सभी फव्वारों में छः दिनों तक वही अद्वितीय इत्र मिलाया जाए।
>
> लेकिन बीरबल पर बादशाह की इस घोषणा का कोई असर नहीं हुआ और अकबर के कान में फुसफुसाकर कहा, "बूंद से गई इज़्ज़त, हौज़ से नहीं आती।"

जनरल डगलस मैकआर्थर ने अपने कमरे में यह लिखकर टांग रखा था :

मुझे ऐसा पुत्र दो...

> मुझे ऐसा पुत्र दो, हे ईश्वर, जो भय होने पर ख़ुद का सामना कर सके; जो ईमानदार पराजय के क्षणों में गर्व से भरा हो और झुके नहीं तथा विजय के अवसरों पर विनम्र और नरम पड़ जाए। हे ईश्वर, उसका मार्गदर्शन करें, आराम और सहज रास्तों पर नहीं बल्कि मुश्किलों और चुनौतियों के पेश आने पर।

उसे तूफ़ानों का सामना करना सिखाएं; उसमें उन लोगों के प्रति दया जगाएं जो असफल रहे हों।

मुझे ऐसा पुत्र दें जिसका हृदय पवित्र हो, जिसके लक्ष्य महान हों... ऐसा जो भविष्य को पाना चाहेगा मगर अपने अतीत को कभी नहीं भूलेगा।

उसे शालीनता दें, ताकि वह सच्ची महानता को हमेशा याद रखे, सच्ची बुद्धिमानी और वास्तविक बल की विनम्रता को भूले नहीं।

तब उसका पिता होने पर मैं यह कह सकूंगा : "मैंने जीवन व्यर्थ नहीं जिया।"

उपाय 7 : अपने जीवनसाथी की इज़्ज़त करें

> आप अपने बच्चों के लिए सबसे अच्छा काम जो कर सकते हैं वह है अपने जीवनसाथी की इज़्ज़त करना।
>
> कोवे

अपने जीवनसाथी के पीछे मत पड़े रहें, ख़ासकर अपने बच्चों के सामने तो ऐसा क़तई न करें। और फिर भी अगर आपको लगता है कि आप ऐसा करते हैं तो बच्चों के सामने अलग से स्वीकार करें कि आप अपनी इस आदत से शर्मसार हैं और इसे छोड़ने की कोशिश कर रहे हैं। अपनी ग़लतियां स्वीकार कर लेने से आप और आपके दोस्त दोनों ही समझदार बनेंगे। कोशिश करके देखें।

पीछे पड़े रहना दरअसल, विचारों के घालमेल, ग़लत प्राथमिकताएं और दिमाग़ी बेतरतीबी का नतीजा है। यह छोटी-छोटी बातों को बड़ा करके पेश करने की आपकी ग़लत आदत के कारण होता है। तब एक 'चुहिया'–सी समस्या राक्षस बन जाती है।

अगर आप अपने बच्चों का अच्छी तरह पालन-पोषण करना चाहते हैं तो अपने जीवनसाथी की इज़्ज़त करना बहुत ज़रूरी है। मैंने अपनी पत्नी की इज़्ज़त करने का एक आसान-सा रास्ता ढूंढ़ लिया है।

मैंने उसकी अच्छी आदतों और व्यवहारों की एक सूची तैयार की है। यह ठीक है कि उसकी कई ख़राब आदतें भी हैं जो शादी के कुछ वर्षों बाद ही सामने आ गई थीं। लेकिन मैंने होशियारी दिखाई और उसकी अच्छी आदतों की तारीफ़ करनी शुरू कर दी। मैंने यह भी महसूस किया कि उसकी इज़्ज़त करने के लिए मुझे इस बात का इन्तज़ार नहीं करना चाहिए कि वह कुछ महान काम करे, बल्कि मैं उसकी उन छोटी-छोटी बातों के लिए ही तारीफ़ कर सकता हूं जो वह अच्छी तरह करती है।

मेरी बेटियां इस बात के लिए मेरी इज़्ज़त करती हैं कि मैं अपनी पत्नी के पीछे नहीं पड़ा रहता। वे अपनी मां का भी आदर करती हैं क्योंकि मैं भी ऐसा ही करता हूं। चुप रहना। धैर्य रखना। गुस्से पर क़ाबू रखना। चिल्लाना नहीं। और जो कुछ भी वह करे उसके प्रति के. एफ.पी. यानी 'की फरक पैंदा' (क्या फ़र्क़ पड़ता है) का रवैया अपना लेने से मेरे जीवन में काफ़ी बदलाव आया है।

उपाय 8 : अच्छे दोस्त बनाएं

अपने बच्चों की ख़ातिर अच्छी संगत रखें। आप अपने रिश्तेदार तो नहीं चुन सकते लेकिन दोस्त चुन सकते हैं। और आपको सैकड़ों दोस्तों की ज़रूरत नहीं होगी; एक दर्जन से कम भी काफ़ी होंगे। आपके बच्चे आपके दोस्तों को क़रीब से जानना चाहेंगे – चेतन और अवचेतन दोनों स्तरों पर। वे आपके हर दोस्त के बारे में अपनी राय बनाएंगे। तब उन्हें अपने फ़ैसले के मुताबिक यह तय करने दें कि वे क्या अपने भीतर उतारना चाहते हैं और किसे बाहर ही छोड़ देना चाहते हैं। उनके दिमाग़ में एक बड़ा-सा स्पंज है जो नए-नए अनुभवों को सोखने को बेताब रहता है।

मेरा बेटा मेरे एक दोस्त की आदतों को ध्यान से देखने के बाद विनम्र, मेहनती और मज़ाक़िया बन गया। मेरे उस दोस्त का जो सबसे अच्छा गुण उसने अपनाया वह यह कि उसने अपने-आप पर हंसना सीख लिया।

बच्चों के लिए 5 क़दम

अभिभावक के तौर पर आपकी भूमिका तब तक अधूरी है जब तक आप अपने बच्चों को परिस्थितियों का सामना करना नहीं सिखाते। आइए, उन पांच आसान उपायों की चर्चा करें जो आप अपने बच्चों को बेहतर इंसान बनाने के लिए अपना सकते हैं।

उपाय 1 : उन्हें ज़िम्मेदार बनना सिखाएं

> अभिभावक अपने बच्चों को जो सबसे महत्त्वपूर्ण बात सिखा सकते हैं, वह यह है कि उनके न रहने पर कैसे जीवन बिताना है।
>
> क्लार्क

जीवन फ़ैसले लेने का नाम है – हम कब उठें, क्या पहनें, क्या खाएं वगैरह- वगैरह। हममें से कई अपने बच्चों की ज़रूरत से ज़्यादा देखरेख कर वास्तव में, उनका नुकसान ही करते हैं। माता-पिता को यह तय करना होता है कि अपने बच्चों को कब और कितनी आज़ादी तथा पैसे दिए जाएं। इसका कोई एक या आसान रास्ता नहीं है। इसे तो सम्पूर्णता में देखना होगा।

अपने बच्चों को ज़िम्मेदार इनसान बनना सिखाएं। उन्हें सिखाएं कि वे उन्हें सौंपे गए किसी भी काम को करते हुए शर्म महसूस न करें। जब वे छोटे हों तभी से उन्हें छोटे-मोटे काम सौंपें। उन्हें अपनी किताबें और खिलौने ठीक जगह पर रखने को प्रोत्साहित करें। जब वे अपना काम पूरा कर लें तो उन्हें साफ़-सफ़ाई भी करके उठना चाहिए न कि अपने पीछे छोड़े गए सामान को किसी दूसरे द्वारा संभालने के लिए छोड़ना चाहिए।

जब वे कुछ बड़े हो जाएं तो उन्हें छोटा-मोटा सामान लाने के लिए घर से बाहर भेजें। अपने बच्चे को जीवन की वास्तविकताएं समझाएं; मसलन बैंक जाना, बिजली के बिल जमा करवाना, चिट्ठियां भेजना वगैरह। तब वे मानसिक रूप से बड़े होंगे – बहुत जल्दी।

अगर आप उन्हें फ़ैसले लेना सिखाएंगे तो वे बाद में अधिक होशियारी-भरे और बेहतर फ़ैसले ले सकेंगे। शुरू में उनके निर्णय असर के लिहाज से छोटे हो सकते हैं मगर बाद में वे अपने जीवन में धन-दौलत, समय, इज़्ज़त और प्रसन्नताओं से जुड़े ऐसे अहम फ़ैसले भी ले सकेंगे जिनका व्यापक असर होगा।

> बच्चों की परवरिश करना उनके बीच लोकप्रिय होना या उनकी हर इच्छा और मांग को पूरा करना नहीं है। यह उन फ़ैसलों को लेना है जो सभी हालात में सही साबित हों, भले ही उस वक़्त बच्चे उन्हें कुछ भी क्यों न समझें।

बच्चों को पालने के दौरान उन्हें प्यार और अनुशासन की खुराकें देते रहना सीख लें। इस बात का ख़याल रखें कि उन्हें कोई नुकसान न पहुंचे मगर ज़रूरत से ज़्यादा लाड़-प्यार न दें। उनकी हद से ज़्यादा देखभाल करने का नतीजा यह होता है कि वे ठीक से, ढंग से देखने से वंचित हो जाते हैं। उन्हें स्वतन्त्र बनने दें।

आप अपने बच्चों को जीवन की हर ख़ुशी, हर सुकून देना चाहते हैं। लेकिन कभी-कभी ऐसा भी होता है जबकि आप यह नहीं कर पाते। जब कभी ज़रूरी हो तो बच्चों को 'नहीं' कहना भी सीखें। अकसर एक बार का इनकार सैकड़ों सिरदर्दियों से बचा लेता है। जो माता-पिता अपने बच्चों को उनके कर्तव्यों की सीख नहीं देते, वे भी उन बच्चों जितने ही दोषी होते हैं जो बुढ़ापे में मां-बाप की देखभाल नहीं करते।

जन्म से लेकर आठवें साल तक बच्चों को प्यार, अनुशासन, आदर, शिष्टाचार और सामंजस्य बैठाने के बारे में सीख देनी चाहिए। अगर मां-बाप बच्चों को उनके जीवन के पहले सौ महीनों में यह सब सिखा पाए तो भविष्य की कई समस्याएं उनके लिए कम होने की उम्मीद की जा सकती है।

अगले सौ महीनों के दौरान बच्चों को रुपये-पैसे का मतलब जान लेना चाहिए। अर्थव्यवस्था का यह महत्त्वपूर्ण अध्याय उन्हें 8 से 16 वर्ष की उम्र के दौरान पढ़ा दिया जाना चाहिए। अगर वे आठ साल के भी

नहीं हुए हैं तो उनसे यह उम्मीद रखना कि वे पैसे के बारे में जानते होंगे, ग़लत है और इसी तरह सोलह की उम्र के बाद उन्हें समझाना कि पैसों को कैसे संभाला जाए, भी निरर्थक होगा।

आप अपने बच्चों को प्रयोगधर्मी और वस्तुनिष्ठ बनाकर उनकी ज़िम्मेदारियों के बारे में सिखा सकते हैं, और सबसे बेहतर तरीक़ा तो अपने ही उदाहरण से उन्हें सिखाना है। याद रखें कि आपके बच्चे के दिमाग़ में एक वीडियो कैसेट रिकॉर्डर है जो न सिर्फ आपकी आवाज़ को, जब आप टेलीफ़ोन पर छोटा-मोटा झूठ बोल रहे होते हैं, क़ैद करता है बल्कि आपकी आंखों और शरीर के हावभाव तक को दर्ज कर लेता है। जिस भी ढंग से आप अपने जीवनसाथी, अपने माता-पिता, सहयोगियों और कर्मचारियों के साथ पेश आते हैं वह सब उसमें रिकॉर्ड रहता है ताकि बाद में आपके लिए उसे दोहराया जा सके!

जब आपके बच्चे बड़े होकर वयस्क बनते हैं तो उनके मन में कुछ ग्रन्थियां भी पैदा हो जाती हैं, और तब ख़ुद को अभिव्यक्त करने के लिए हो सकता है कि वे कुछ महंगे शौक पाल लें – तेज़ गति से दौड़नेवाली कारें, चमचमाते कपड़े! ऐसा क्यूं होता है? सोचें! शायद आपको उन पर और ज़िम्मेदारियां डालनी चाहिए। उन्हें नकारात्मक प्रभावों से बचाएं – लेकिन उन्हें क्या करना चाहिए इस बारे में निर्देश मत दें। इससे वे अलग-थलग पड़ जाएंगे – उन्हें अपनी ग़लतियों से सीखने दें, और कुछ ग़लतियों की तरफ़ से आंख मूंद लेने का मौका दें।

उपाय 2 : उन्हें हारने और जीतने का मजा लेना सिखाएं

अपने बच्चों को खेलकूद में बढ़-चढ़कर हिस्सा लेने के लिए प्रेरित करें। उन्हें ठीक उस तरह प्रशिक्षित करें जैसे एक कोच प्रतिभाशाली खिलाड़ी को करता है। उन्हें विनम्र, विजेता और पराजय के क्षणों में धैर्यवान बनना सिखाएं। इस दृष्टिकोण से उन्हें आनेवाले जीवन की चुनौतियों का सामना करने में मदद मिलेगी।

अब्राहम लिंकन ने अपने बेटे के अध्यापक को एक पत्र लिखा था। यह अपने-आप में एक महत्त्वपूर्ण दस्तावेज़ है। इसका अंश इस प्रकार है :

मेरे बेटे को सिखाएं

...उसे सीखना होगा, मैं जानता हूं कि सभी आदमी ईमानदार नहीं होते और सभी आदमी सच्चे नहीं होते। लेकिन उसे यह भी सिखाएं कि हर बदमाश के बदले एक हीरो होता है; हर स्वार्थी राजनीतिज्ञ के समानान्तर एक समर्पित नेता भी होता है।

उसे सिखाएं कि हर दुश्मन के बदले एक दोस्त भी होता है। इसमें समय लगेगा, मैं समझ सकता हूं, लेकिन यदि हो सके तो उसे सिखाएं कि पांच डॉलर यूं ही पा लेने से ज़्यादा क़ीमती होता है कमाई के बाद मिला एक डॉलर।

उसे हारना सिखाएं और जीत का मज़ा लेना भी सिखाएं। अगर हो सके तो उसे ईर्ष्या से दूर ले जाएं, उसे शान्त हंसी का राज़ बताएं। उसे जल्द ही यह सीखने दें कि धौंस जमानेवालों को पराजित करना भी सबसे आसान होता है।

यदि सम्भव हो तो उसे पुस्तकों के अद्भुत संसार के बारे में बताएं लेकिन साथ ही आसमान में उड़ते पक्षियों, धूप में उड़ती मधुमक्खियों, खिले फूलों के शाश्वत रहस्य पर विचार करने का समय भी दें।

स्कूल में उसे सिखाएं कि बेईमानी करने से बेहतर है असफल रहना। उसे अपने विचारों पर भरोसा करना सिखाएं, भले ही हर कोई उन्हें ग़लत बताता हो।

उसे विनम्र के साथ विनम्र और कठोर लोगों के साथ कठोर बनना सिखाएं। मेरे बेटे को ऐसी ताक़त दें कि वह भीड़ के पीछे नहीं चले। उसे हरेक की बात सुनना सिखाएं मगर यह भी बताएं कि वह सुनी गई हर बात को सच्चाई की छलनी से गुज़ारे और वही ग्रहण करे जो उससे पार होकर आए।

अगर हो सके तो उसे उस वक़्त हंसना सिखाएं जब वह दुखी हो। उसे बताएं कि आंसुओं में कोई शर्म नहीं है। उसे हरेक में दोष ढूंढ़नेवालों पर हंसना और ज़रूरत से ज़्यादा मिठास से सावधान रहना सिखाएं।

उसे सिखाएं कि वह अपनी ताक़त और दिमाग़ सबसे अधिक क़ीमत आंकनेवाले को बेचे मगर अपने दिल और आत्मा की क़ीमत न लगाए। उसे गुर्राती, झल्लाती भीड़ को देखकर कान बन्द करना और जब वह शान्त हो तो डटकर मुक़ाबला करना सिखाएं।

उसे नरमी से सिखाएं लेकिन दुलार से बिगाड़ें नहीं। उसमें अधीर बनने का साहस जगाएं और बहादुर बनने का धैर्य पनपाएं। उसे हमेशा मानवता में दृढ़ विश्वास रखना सिखाएं।

यह बहुत बड़ा काम है, पर आप इसे करने की कोशिश करें। दरअसल वह नन्हा-सा प्यारा-सा मेरा बेटा जो है।

उपाय 3 : उसे बेहतरीन शिक्षा दें

पिछले दिनों मेरे एक सहयोगी ने अपनी उस बेटी के बारे में मुझसे देर तक चर्चा की जिसने हाल में स्कूली पढ़ाई पूरी की थी। वह उसे कम्प्यूटर शिक्षा दिलाने के बारे में सोच रहा था जो दो-तीन साल बाद ही उसे 12000 से 15000 रुपये तक की नौकरी दिला देगी, और इससे तीन साल की कॉलेज की पढ़ाई से भी वह बच जाएगी।

मुझे यह बात ऐसी लगी मानो जीवन का सारा मज़ा ही छीन लिया जाए। कैम्पस का जीवन छोड़ देना भले ही चतुराई हो मगर समझदारी तो नहीं है। मैं समझ नहीं पाता हूं कि हम अपने बच्चों को इतनी जल्दी क्यों बड़ा कर देना चाहते हैं कि पीछे मुड़कर देखने पर उन्हें पछतावा हो। कुछ मां-बाप अपने दो साल के बच्चे को ही स्कूल भेजकर उसका जीवन जटिल बना देते हैं।

जब मेरी बेटी आठ साल की थी और तीसरी क्लास में पढ़ती थी तो एक दिन मैंने उसे अपने-आप से बोलते सुना, "पापा की क़िस्मत

> शिक्षा समृद्धि का गहना है। अपने बच्चों को वह अच्छी-से-अच्छी शिक्षा दें जिसे पैसे और प्यार से ख़रीदा जा सकता है। कोई भी उनसे इसे छीन नहीं सकता – कभी नहीं!

कितनी अच्छी है। वे घर आते हैं चाय पीते हैं, टी.वी. देखते हैं, पत्रिकाएं पढ़ते हैं और खाना खाकर सो जाते हैं। उन्हें किसी बात की फ़िक्र ही नहीं करनी पड़ती। और मुझे देखो। मुझे होमवर्क करना पड़ता है, अगले दिन के लिए अपना स्कूल-बैग लगाना होता है और उस पर मुझे हमेशा अपनी टीचरों और मम्मी का डर सताता रहता है क्योंकि मुझे अच्छे नम्बर जो लाने होते हैं।"

मेरे एक डीलर दोस्त ने एक दफ़ा मुझे बताया, "एक शाम जब मैं घर पहुंचा तो मेरी बहू मेरी पोती को इस बात के लिए डांट रही थी कि उसके 95 प्रतिशत की बजाय 85 प्रतिशत नम्बर ही आए थे, जबकि मैं उस दिन घर पहुंचकर उस बच्ची के साथ खेलने का इरादा बनाए हुए था।"

मेरे लिए शिक्षा का मतलब है कि आपके बच्चे अपने दादा-दादी, चाची-चाचा, मौसियों और दोस्तों वगैरह के साथ खेल सकें। मैं चाहूंगा कि मेरे बच्चे बेशक़ 60 प्रतिशत अंक ही लाएं मगर हर शाम उनकी खिलखिलाहट घर में गूंजती रहे, न कि वे 95 प्रतिशत अंक लानेवाले गम्भीर किताबी कीड़े बनकर रह जाएं।

अपने बच्चों को ख़ुद ही अपना व्यवसाय चुनने दें – चाहे वह डॉक्टरी हो, कम्प्यूटर साइंस, ड्रेस डिजाइनिंग या केटरिंग। उन्हें पढ़ने, संगीत सुनने, खेलकूद या अपनी रुचि के अन्य किसी शौक़ के प्रति उमंग पैदा करने को उकसाएं। उनके लिए अच्छी फिल्में और नाटक देखने, प्रदर्शनियां तथा आर्ट गैलरियां जाने, ट्रैकिंग और कैम्प पर जाने की व्यवस्था करें। वे ज़्यादा ख़ुश होंगे और पूर्ण व्यक्तित्व के स्वामी बन सकेंगे।

उपाय 4 : उन्हें परिपक्व बनने दें

अपने बच्चों को अधिक-से-अधिक नई परिस्थितियों का सामना करने का मौक़ा दें। उन्हें अपने दोस्तों के साथ घूमने भेजें, तैराकी सिखाएं, पर्वतारोहण और राफ्टिंग सीखने का मौक़ा दें, एन.सी.सी. (नेशनल कैडेट कोर) में भर्ती होने दें या स्कूल-कॉलेज के एन.एस.एस. (समाजसेवी समूहों) में शामिल होने को प्रेरित करें।

आप भले ही किसी भी व्यवसाय में क्यूं न हों लेकिन यदि आपके बच्चे उसे पसन्द नहीं करते, तो उन्हें ज़बरदस्ती उसमें धकेलें नहीं। एक तय सांचे में क़ैद होकर उनकी क्षमता सीमित हो जाएगी। अपने बच्चे को पेंट और ब्रश लाकर दें मगर ऐसा कैनवस भी उपलब्ध कराएं जो उनके व्यक्तित्व से मेल खाता हो।

कई मां-बाप काफ़ी लम्बे समय तक अपने बच्चों को अकेला नहीं छोड़ते और जब आख़िरकार वे ऐसा करते भी हैं तो काफ़ी देर हो चुकी होती है। बच्चों को अपने से बांधकर न रखें। उन्हें वह करने दें जो वे करना चाहते हैं – चिकित्सा, प्रकाशन, केटरिंग, इंजीनियरिंग, क़ानून, कला, खेती-बाड़ी या व्यापार।

राजा दशरथ ने अपने चारों बेटों को गुरुकुल भेजा। यह उनके लिए कठिन फ़ैसला था, मगर वे जानते थे कि उन्हें ऐसा करना ही है। बतौर अभिभावक आपकी भूमिका भी बहुत महत्त्वपूर्ण है। अपने बच्चों को प्रेरित करें। अपने लक्ष्यों को पाने की दिशा में प्रयत्न करने के लिए उन्हें प्रेरित कर उनके सपने पूरा करने में सहायक बनें।

आपके बच्चे बिना तराशे हीरों की तरह हैं। उनके खुरदरे किनारों को धैर्य और कौशल से तराशें। सब्र करें क्योंकि एक चीनी कहावत के अनुसार, "समय बीतने पर शहतूत का पत्ता रेशम बन जाता है।" अगर आपके बच्चे बड़े होकर समझदार इनसान बन जाते हैं तो इसका मतलब यही होता है कि बतौर अभिभावक आप सफल रहे। इसलिए, अपने बच्चों को नई और दिलचस्प परिस्थितियों का सामना करने का मौक़ा दें...और इस प्रक्रिया में उन्हें नेक और परिपक्व व्यक्ति बनते हुए देखें।

> आपका बच्चा उस किताब की तरह है जिसे आप बहुत नजदीक होने या बहुत दूर होने पर नहीं पढ़ सकते।

अपने बच्चों को दुनियावी दृष्टी से समझदार बनने में मदद करें। उन्हें भगवान शिव के 'तीसरे नेत्र' के बारे में बताएं। उन्हें लोगों को बेहतर ढंग से समझने में मदद करें। वे यह सब स्कूल-कॉलेज में या किताबों से नहीं सीख सकते। अपनी समझ को उनके साथ बांटें और ऐसी किताबें पढ़ने को दें जो उन्हें चीज़ों को सही ढंग से समझना सिखा सकें।

उन्हें अपने दोस्तों, प्रोफ़ेशनल सहयोगियों, बैंकर, सरकारी अधिकारियों के साथ बातचीत का मौक़ा दें ताकि वे अलग-अलग तरह के अनुभव ले सकें। यदि सम्भव हो तो उन्हें कुछ दिन संयुक्त परिवार में, कुछ दिन ऐसे परिवार में जहां पति और पत्नी दोनों नौकरीपेशा हों, कुछ दिन एक बड़े शहर में, कुछ दिन छोटे शहर में और कुछ दिन फार्म में या गांव में बिताने का अवसर दें।

अपने बच्चों को घर-गृहस्थी संभालने की हर छोटी-बड़ी बात समझाएं। उन्हें घर की सालाना मरम्मत के काम में भागीदार बनाएं। मैं एक ऐसे सफल पिता को जानता हूं जिन्होंने अपने बच्चों को 12 साल के होने पर ही चेकबुक दे दी थी और उनके खातों में उनकी पढ़ाई-लिखाई, बीमारी, किताबों, घूमने-फिरने, कपड़ों वगैरह पर ख़र्च होनेवाले पैसे जमा करा दिए। पन्द्रह साल बाद उनके बच्चे रुपये-पैसों के मामले में उन लोगों से काफ़ी बेहतर साबित हुए जिन्हें इस काम का कोई अनुभव ही नहीं था।

अपने बच्चों को विश्वास से भरपूर और पूरी देखभाल करनेवाले मेहमाननवाज़ बनने की ट्रेनिंग दें। उन्हें अपने यार-दोस्तों की ख़ातिरदारी करने का मौक़ा दें। उन्हें समझाएं कि वे ऐसे दोस्त बनाएं जो अच्छे और भरोसे के लायक हों। यह सुनिश्चित करें कि आपके बच्चे पारिवारिक समारोह, अन्तिम संस्कारों और शादी-ब्याह जैसे अवसरों पर मौजूद रहें और उनमें पूरी शिरकत करें।

> यदि आप अपने बच्चों को अपने पास रखना चाहते हैं, तो उन्हें जाने दें।
>
> फॉरबेस

उनके डर दूर करें। उन पर दूर से निगाह रखें लेकिन उनके साथ चिपके रहकर उन्हें परेशान मत करें। उन्हें ख़ुद के तौर-तरीक़े तय करने दें। कुछ करने के लिए आपके बच्चे बहुत छोटे नहीं हैं। आपने सड़कों पर दस साल के लड़कों को तांगा चलाते हुए देखा है? अकबर तेरह साल की उम्र में भारत का बादशाह बन गया था!

ईश्वर ने आपके बच्चों के दिमाग़ में दुनिया का सबसे बड़ा कम्प्यूटर लगाया है जिसकी स्क्रीन 90 × 90 मीटर है और उसमें लाखों हुक हैं। यह दरअसल 'थ्री-इन-वन' सिस्टम है जो उसे हर उस विचार को ग्रहण करने में मदद करता है जो उसके सामने आता है, और फिर वह उसे बड़े ध्यान से हुक में फंसा लेता है। आपके बच्चों को अपना क्षितिज फैलाने के लिए अवसरों की ज़रूरत होती है, जो आप ही दे सकते हैं।

उपाय 5 : उन्हें पढ़ने के लिए प्रेरित करें

अपने बच्चों को शुरू से ही कुछ-न-कुछ पढ़कर सुनाएं। आप यह देखकर हैरान रह जाएंगे कि वे कितना कुछ ग्रहण कर लेते हैं। जल्दी ही वे ख़ुद पढ़ने लगेंगे। उन्हें अच्छी और रोचक किताबें लाकर दें। वे क्या पढ़ रहे हैं इस बारे में उनके साथ बातें करें। उनके साथ उन पुस्तकों के फ़ायदे और नुकसान पर चर्चा करें जो आपने और उन्होंने पढ़ी हैं। अच्छी किताबें पढ़ना एक ऐसी आदत है जो हमेशा फ़ायदा पहुंचाती है। अपने बच्चों में कम उम्र से ही पढ़ने की आदत डालें।

> किताबों के बग़ैर एक घर ऐसा ही है जैसे बिना खिड़की का कमरा। कोई भी व्यक्ति यदि किताबें ख़रीदने की हैसियत रखता है तो उसे अपने बच्चों का किताबों से रहित माहौल में परवरिश करने का कोई हक़ नहीं है। बच्चे किताबों के जरिये ही पढ़ना सीखते हैं। पढ़ने से ही ज्ञान के प्रति प्यार पनपता है और धीरे-धीरे इसमें इज़ाफ़ा होता है और ज्ञान के प्रति लगाव ही युवा मस्तिष्क का आवेश और व्यसनों से बचाव की गारंटी है।
>
> होरेस मान

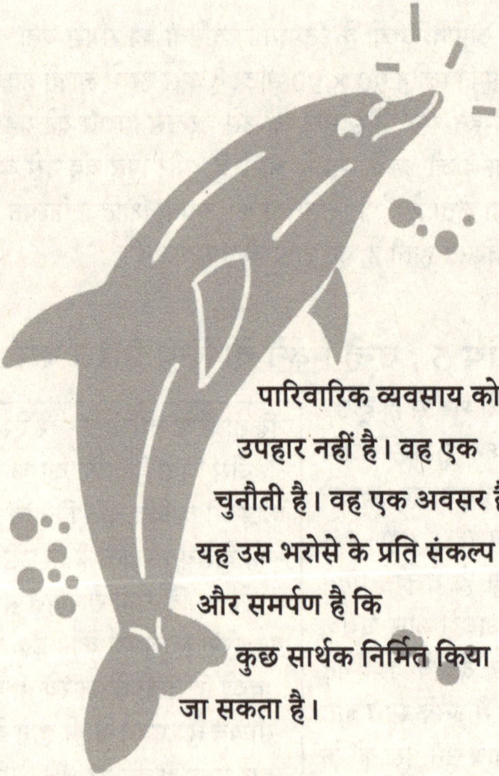

पारिवारिक व्यवसाय कोई उपहार नहीं है। वह एक चुनौती है। वह एक अवसर है। यह उस भरोसे के प्रति संकल्प और समर्पण है कि कुछ सार्थक निर्मित किया जा सकता है।

तीन

अपने पारिवारिक व्यापार का सपना साकार करें

ऐसे कोई बने-बनाए नियम या उपाय नहीं हैं जिन्हें अपनाकर पारिवारिक व्यापार का मुखिया व्यापार को सफल बना सकता है। अकसर होता यह है कि व्यापार के नए मालिक को हैरानी के दौर से गुज़रना पड़ता है और तब वह सोचता है कि आख़िर उसे अभी कौन-कौन से दिन देखने बाक़ी हैं, फिर वह ग़लतियों के दौर में प्रवेश करता है मगर उसकी कड़ी मेहनत उसकी ग़लतियों का बुरा असर दूर कर देती है। इसके बाद आता है ज़बरदस्त सफलता का दौर, जहां कभी-कभी सफल व्यापार मालिक को देखकर ईर्ष्या तक होती है। चौथा तथा अन्तिम चरण होता है – बरबादी या फिर हैरानी के पुनर्जन्म का – यह इस बात पर निर्भर करता है कि संस्थापक ने भविष्य की क्या तैयारी की है।

वह जो भी फैसले लेता है – अच्छे या बुरे – उसके वारिसों को उनका असर झेलना पड़ता है। वे व्यापार से जुड़े प्रतिबन्धों, निराशाओं या उसकी कमियों का बोझ ढोते हैं और साथ ही उससे जुड़ी ताक़त या अवसरों का लाभ भी उठाते हैं – यह तो 'प्लस' और 'माइनस' का पैकेज है। ये वारिस उस संस्थापक को वापस नहीं ला सकते और न ही वे व्यापार के अच्छे पहलुओं के लिए उसकी तारीफ़ और ख़राब बातों के लिए उसे पीट सकते हैं।

ऐसे में पारिवारिक व्यापार को संभालनेवाले व्यक्ति को क्या करना चाहिए? वह व्यापार के उतार-चढ़ाव से निपटने की ख़ातिर कम-से-कम

उन बातों से तो सबक ले ही सकता है जिन्हें मैं बारह नियमों के नाम से पुकारता हूं।

मैं यह नहीं कहता कि ये नियम पारिवारिक व्यापार की हर मुश्किल को दूर करने का रामबाण उपाय हैं। लेकिन इनसे निश्चित रूप से व्यापार मालिक अपने परिवार के सदस्यों के साथ बातचीत करेगा और सही दिशा में क़दम बढ़ाएगा। इस बातचीत के बग़ैर व्यापार मालिक और उसका परिवार अलग-अलग घोड़ों पर सवार होकर अलग दिशाओं में सूर्यास्त देखते हैं जबकि व्यापार उस बेचारे खच्चर की तरह लड़खड़ाता है जिसके रास्ते में अंधेरा-ही-अंधेरा होता है।

व्यापार मालिक के लिए बारह नियम

1. मैं अपने सपनों को अपने परिवार के साथ बांटूंगा।
2. मैं अपने प्रबन्धकों और कर्मचारियों को बताऊंगा कि "यह कम्पनी हमेशा बनी रहेगी।"
3. मैं काम करने लायक संगठन खड़ा करूंगा और मेरी कोशिश होगी कि उसकी उपस्थिति भी नज़र आए।
4. मैं अपने प्रबन्धकों, अपने परिवार और ख़ुद की प्रबन्धन योग्यता में सुधार लाने का हर सम्भव प्रयास करूंगा।
5. मैं ऐसी लेखा प्रणाली (एकाउंटिंग सिस्टम) लागू करूंगा जिससे प्रबन्धकों, सलाहकारों और निदेशकों को उपयोगी आंकड़े उपलब्ध होंगे।
6. मैं योग्य सलाहकारों का समूह विकसित करूंगा।
7. मैं कुछ योग्य बाहरी निदेशकों से कहूंगा कि वे व्यापार की समीक्षा कर मुझे बताएं।
8. मैं अपने उत्तराधिकारी (रियों) को चुनूंगा।
9. मैं अपने उत्तराधिकारियों को अपना स्थान लेने के लिए ज़रूरी ट्रेनिंग दूंगा।
10. मैं अपने जीवनकाल में ही अपने उत्तराधिकारी को अपनी शक्तियां सौंप दूंगा।
11. मैं अपनी एस्टेट से सम्बन्धित योजनाओं का भी निपटारा कर दूंगा क्योंकि मरने पर अपने भौतिक संसाधनों को मैं अपने साथ नहीं ले जाऊंगा।
12. मैं इन सभी नियमों का पालन करने में कोई कोर-कसर नहीं छोड़ूंगा।

12

अपने प्रियजनों को हुनर सिखाएं

किसी भी पारिवारिक व्यापार की दो सबसे बड़ी गलतियां होती हैं – सिखाने से चूकना और सीखने की इच्छा न होना। जितनी जल्दी सम्भव हो और जिन शब्दों कों समझा जा सके उनमें ही माता-पिता को अपने पारिवारिक व्यापार के सपनों को – वह किस बारे में हैं, उसके साथ कितने लोग जुड़े हैं, वह किन बाज़ारों को अपना प्रोडक्ट बेचता है, सन्तुष्टियां, अतीत की कहानियां और भविष्य की उम्मीदें – बच्चों के साथ बांटनी चाहिए।

> हमारी ज़िन्दगी की गाड़ी चलती है उससे, जो हम पाते हैं मगर सही मायने में हमारा जीवन उससे बनता है जो हम देते हैं।
>
> नार्मन मैकइसवान

'इनसाइड द फ़ैमिली बिज़नेस' के लेखक और ओहायो में क्लीवलैंड स्थित द सेंटर फॉर फ़ैमिली बिज़नेस, यूनिवर्सिटी सर्विसेज़ इंस्टीव्यूट के डॉ. लियोन डैंको का कहना है :

> बच्चे इस समझ के साथ पैदा नहीं होते कि वे क्या कर सकते हैं या वे दूसरों के किस काम आ सकते हैं। जब तक हम उन्हें बताएंगे नहीं तब तक उन्हें यह पता भी नहीं चल सकता कि दुनिया को उनसे क्या उम्मीद है। और किसी निष्पक्ष बाहरी व्यक्ति से ही वे इसे जान सकते हैं। यदि सम्भव हो तो हमें अपने वारिसों को सीधे पारिवारिक व्यापार में उतारने का फ़ैसला स्थगित करना चाहिए – उन्हें किसी अन्य के यहां काम करके अपने-आप ही अपने बारे में जानने का मौक़ा देना चाहिए।

इसके दो महत्त्वपूर्ण लाभ होंगे। सबसे पहला तो यही कि युवा लड़के और लड़कियां ग़ैर-पारिवारिक कर्मियों की नज़रों से ख़ुद के बारे में जान पाएंगे। दूसरे, किसी और के लिए काम करके वे अपने पारिवारिक व्यापार के फ़ायदों और मूल्यों को समझ सकेंगे।

व्यापार मालिक या उसके कर-सलाहकार कर-सम्बन्धी कारणों से, हो सकता है कि अपने बच्चों को उस न्यूनतम काम के लिए भी जिसे उन्होंने कभी नहीं किया होता ज़्यादा-से-ज़्यादा भुगतान करें। लेकिन कर बचाने या अंकल सैम का हिस्सा (उचित या अनुचित) मारने के लिए अपने बच्चों को बिगाड़ना ठीक नहीं है। यह तो अघोषित कानून है : कर अधिकारियों को धोखा यानी बच्चों को बिगाड़ना।

व्यापार स्थापित करनेवाले पर हर बीतते साल के साथ यह ज़िम्मेदारी बढ़ती चली जाती है कि वह अपने प्रियजनों को हुनरमन्द बनाए, लेकिन इसका मतलब यह नहीं है कि अच्छी तरह सिखाने की योग्यता भी उसमें आ जाए। एक अच्छा टीचर उस ज़मीन में ही बीज रोपता है जिसे वह उपजाऊ मानता है, ऐसे बीज जो अंकुरित होकर अपने-आप बढ़ने लगते हैं और उसकी मदद वे तभी लेते हैं जब ऐसा करना वाक़ई ज़रूरी हो जाता है।

> जो आप पहले से नहीं जानते उसे जानना शिक्षा नहीं है। जो कुछ भी आपने सीखा है उससे अपने गुज़रे कल के मुक़ाबले आज को बेहतर बनाने की योग्यता ही शिक्षा है।
>
> इयानला वैनजांट

हो सकता है कि व्यापारी होने के नाते आपने कर्मशील के तौर पर व्यापार शुरू किया हो। लेकिन अगर आपका स्वभाव गुस्सैल है, आप अपने बच्चों के सवालों और एतराज़ों को नहीं झेल सकते, आपमें धैर्य की कमी है तो पिता के तौर पर आप यक़ीनन एक अच्छे टीचर नहीं हो सकते। तो फिर क्या हल हो?

एक तरीक़ा तो यह हो सकता है कि आप अपने बच्चों को उन परिस्थितियों का सामना करना सिखाएं जिनसे उन्हें ज़बरदस्ती

कुछ-न-कुछ सीखने को मिलेगा। आप अपने उन दोस्तों और सहयोगियों को भी उनका मार्गदर्शन करने के लिए कह सकते हैं जिनकी राय आपके लिए मायने रखती है। आप अपने बच्चों को अपने व्यापारिक दोस्तों के यहां काम सीखने के लिए भेज सकते हैं या उन्हें ख़ुद ही अपने लिए नौकरियां जुटाने का मौक़ा दे सकते हैं।

इसलिए 'मेरा बच्चा' जैसी भावना से उबरें। इसके कारण आपका बच्चा सीखने के सुखों से वंचित रहता है। याद रखें कि शेर का बच्चा शिकार करने के बाद ही शेर कहलाता है। आपका बच्चा दूसरे संगठन में जो कुछ दो साल में सीख सकता है, इतना वह आपके अपने काम में छः साल में भी नहीं सीख पाएगा।

अपने ख़ुद के रोचक ढंग से उन्हें पारिवारिक व्यापार की जटिलताएं समझाएं, बग़ैर यह भूले कि हो सकता है आपका बच्चा जो बात गांव के मेले में जाकर सीख पाए वह हार्वर्ड बिज़नेस स्कूल में भी नहीं सीख सकता! अपने बच्चों को रचनात्मक ढंग से शिक्षित करें। याद रखें, "शिक्षा ही ऐसी चीज़ है जो दुनिया-भर में खुली पड़ी है और यही वह पूंजी है जिसे कोई भी जितना चाहे उतना बटोर सकता है।"

उन्हें व्यापार का लेखा-जोखा सिखाएं

किसी भी व्यापार मालिक के पास प्रबन्धन शिक्षा का जो सर्वश्रेष्ठ औज़ार होता है वह उसके व्यापार की ज़रूरतों के मुताबिक़ विशेष रूप से तैयार किया गया एकाउंटिंग सिस्टम ही होता है। एकाउंटिंग यानी लेखा-जोखा ही वह भाषा है जिससे आप व्यापार की समझ पैदा कर सकते हैं और पूरी वस्तुनिष्ठता तथा सटीक ढंग से उसके बारे में बातचीत भी कर सकते हैं।

पारिवारिक व्यापार का मालिक व्यापार की जटिलताओं को समझाने के लिए एकाउंटिंग को भाषाई औज़ार के तौर पर इस्तेमाल कर सकता है। अगर आप अपने बेटे को आपका पारिवारिक बिज़नेस संभालने के गुर सिखा रहे हैं तो उसे बिज़नेस एकाउंटिंग के बारे में रचनात्मक तरीके से सिखाएं। यह ठीक है कि उसे वित्तीय प्रतिभा नहीं बनना है

मगर उसे अंकों और उनसे जुड़े फ़ैसलों की तो समझ होनी चाहिए।

मैं आपको नासिक के एस्कोर्टस डीलर धनंजय वाडनागरे के अनुभव के बारे में बताना चाहूंगा। उसने अपने पिता का बिज़नेस 1973 में बतौर पार्टनर संभाल लिया और साथ ही दिल्ली में इंजीनियरिंग की पढ़ाई भी करता रहा। उसके पिता का समय बिज़नेस, सामाजिक गतिविधियों और राज़नीति में बंटा था। अपनी पढ़ाई पूरी करने के बाद उसने बिज़नेस मैनेजर के कुशल मार्गदर्शन में अपना समय पारिवारिक व्यापार के लिए समर्पित करना शुरू कर दिया। उसे एकाउंट्स, फाइनेंस और मैनेजमेंट की कोई जानकारी नहीं थी, लिहाजा उसने इन्हें सीखा। तब उसे अपने मैनेजर की भयंकर भूलों के बारे में पता चला जिसने 1973 से ही न तो लेखा रजिस्टर बन्द किए और न ही आयकर तथा बिक्रीकर के रिटर्न भरे थे।

> कुछ सिखाने के क्षण पारिवारिक जीवन के बड़प्पन के क्षण होते हैं – यह वह अनमोल समय होता है जब आप जानते हैं कि आपने परिवार के अन्य सदस्य के जीवन में व्यापक बदलाव ला दिया है।
>
> कोवे

धनंजय को इस ग़लती की गम्भीरता का अन्दाज़ा तब जाकर हुआ जब आयकर अधिकारी ने उसे तलब किया। उसने पूरी बात अधिकारी को बताई तो वे उसके साथ सहानुभूति से पेश आए और एकाउंटिंग तथा लेखा-जोखा रखने का 'क ख ग' भी उसे सिखाया। मैनेजर को नौकरी से निकाल दिया गया, लेखा रजिस्टर पूरे किए गए और भारी शुल्क के साथ रिटर्न दाखिल किए गए। अलबत्ता, इस स्थिति पर क़ाबू रखने के लिए अलग-अलग विभागों का मुनाफ़े के लिहाज से विश्लेषण किया गया और कुछ कठोर फ़ैसले भी लिए गए। आज धनंजय मोटर–साइकिलों का बेहतरीन डीलर है। अगर उसने बिज़नेस एकाउंट्स सीखा होता तो वह इस स्थिति से बेहतर ढंग से निबट सकता था।

उन्हें मुश्किलों का सामना करते हुए सीखने का मौक़ा दें

संयुक्त सेनाओं के सुप्रीम कमांडर, जनरल डगलस मैकआर्थर के टोक्यो स्थित दाई इचि बिल्डिंग में बने निजी दफ़्तर में यह ऐतिहासिक उद्धरण कई वर्षों तक टंगा रहा था :

मेरे साथ मकदूनिया आएं

कमांडरों की काउंसिल में जाने-माने प्रतिभाशाली लोग होने चाहिए; जिन्होंने युद्ध की कला को अपने विशेष अध्ययन का विषय बनाया होता है, और जिनका ज्ञान अनुभव पर आधारित होता है, जो कर्मस्थली पर मौजूद होते हैं, जो शत्रु को देखते हैं, जो अवसरों का लाभ उठाना जानते हैं और जो उन लोगों की तरह होते हैं जो कि एक ही जहाज़ पर सवार होने के कारण ख़तरों को बांट लेते हैं; इसलिए अगर कोई भी खुद को इस योग्य समझता है कि वह युद्ध के बारे में कोई सलाह दे सकता है तो उसे देश की मदद करने से रोकें नहीं...बल्कि वह मेरे साथ मकदूनिया आए।

उसे एक जहाज़, घोड़ा, एक टेंट दिया जाएगा और यहां तक कि उसकी यात्रा का ख़र्च भी माफ़ कर दिया जाएगा। लेकिन अगर वह इस सबको आफत मानता है और युद्धभूमि की बजाय शहर का शान्त जीवन उसे ज़्यादा प्रिय है तो फिर उसे इस भूमि पर पायलट न बनने दिया जाए।

यह शहर विचार-विमर्श के लिए कई विषय उपलब्ध कराता है; इसलिए बातचीत की उसकी उत्कंठा को उसके अपने सरोकारों तक ही सीमित रखें और इस बात को लेकर निश्चिन्त रहें कि हम अपने शिविर के भीतर तैयार सलाह-मशविरा के अलावा किसी अन्य पर कोई कान नहीं देंगे।

– लुसियस एमिलियस पॉलस रोमन, कंसल रोमन, 168 ई.पू.

अपने उत्तराधिकारियों को भी व्यापार रूपी 'रणभूमि' का स्वाद

चखने का मौक़ा दें। आप उनके साथ ठीक उसी तरह से बात करें जैसे भगवान श्रीकृष्ण ने कुरुक्षेत्र की युद्धभूमि में अर्जुन के साथ की थी। उन्हें ऐसी परिस्थितियों तक सीमित न रखें जहां वे सिर्फ़ एयरकंडीशनरों की आवाज़ ही सुन सकें बल्कि सड़कों और फील्ड का शोर भी सुनने दें। यह सुनिश्चित करें कि वे आपके साथ ऐशो-आराम की बजाय कठिन हालातों में सफ़र करने के आदी बनें। ऐसा करना मुश्किल लग सकता है मगर असम्भव नहीं।

योजनाएं बनाएं

> अगर आप एक साल की योजना बना रहे हैं, तो मक्का उगाएं, यदि योजना की अवधि तीन वर्ष है तो कोई पेड़ उगाएं और अगर आप दस वर्ष के लिए योजना बनाना चाहते हैं, तो इंसानों के साथ काम करें।

लियोन ए. डैंको ने अपनी पुस्तक 'इनसाइड द फ़ैमिली बिज़नेस' में लिखा है :

> पन्द्रह साल पहले मुझे अपने घर के बाहर बांस उगाने का विचार सूझा। मैंने अपने कमरे की खिड़की से बाहर झांककर तय कर लिया कि दो ही काफ़ी होंगे, एक यहां और एक वहां।
>
> मैं बाज़ार गया और तीन-तीन फुट ऊंचे दो पौधे ख़रीद लाया और फिर उन्हें एक-दूसरे से बीस फुट की दूरी पर बो दिया। अगले दस साल तक उन्हें बढ़ते देखा जो अपने-आप में एक अनुभव था। वे बेहद ख़ूबसूरत दिखते थे। मैं अपनी पसन्दीदा कुर्सी पर बैठकर उन्हें निहारता रहता था मगर फिर वही हुआ। जो होना ही था – उन पेड़ों ने एक-दूसरे को ढंकना शुरू कर दिया जबकि अभी वे आधे ही विकसित हो पाए थे।
>
> मैं पेड़ों के बारे में एक किताब ख़रीद लाया और जानने की कोशिश की कि बांस के पेड़ कितने बड़े होते हैं। मैं यह जानकर हैरान रह गया कि बीस साल में ही ये बढ़कर व्यास में 30 फुट तक बढ़ जाते हैं। यानी बागवानी की मेरी योजना ग़लत साबित हुई क्योंकि मैंने भविष्य के बारे में तो सोचा ही नहीं था।

पारिवारिक बिज़नेस में इस तरह की समस्याएं बहुत आम हैं; फ़र्क़ बस इतना होता है कि बांस के पेड़ों की बजाय हम परिवार के पेड़ उगाते हैं। शाखाओं की बजाय हमारा वास्ता स्टॉक से पड़ता है। मौजूदा समय में स्टॉक वितरण की कई योजनाएं दिखाई देती हैं जिनकी पेशकश विशेषज्ञों ने की होती है – मसलन वक़ील, एकाउंटेंट और इस पेशे में वर्षों गुज़ार चुके प्रोफ़ेशनल लोग जिन्होंने कर नियमों की जटिलताओं को बखूबी समझा होता है। लेकिन अकसर होता यह है कि बिज़नेस स्थापित करनेवाले लोग उनकी सलाह को सिर्फ़ तकनीकी सलाह के तौर पर नहीं लेते और अपनी ख़ुद की समझ की भी अनदेखी करते हैं और उन पेशेवर सलाहकारों के सुझावों की समीक्षा किए बगैर ज़ोर-शोर से उन्हें लागू कर डालते हैं।

मैं आपको निरुत्साहित नहीं कर रहा और न ही आपको चिन्ता में डालने के तरीक़े ईजाद करने के लिए ऐसा कर रहा हूं, लेकिन इस प्रकार की योजनाओं की तैयारी पारिवारिक बिज़नेस के लिए भी ज़रूरी है। आपको व्यापार के इस पहलू के लिए अपना छः फीसदी समय देना ही होगा।

पारिवारिक बैठकें करें

अपने प्रियजनों को कुछ उपयोगी बातें सिखाने के लिए निश्चित एजेंडावाली पारिवारिक बैठकें बुलाना बहुत ज़रूरी है। लेकिन बैठकों के एजेंड़े के महत्त्व को कम करके मत आंकें। बिना एजेंडा की बैठकें न सिर्फ़ दिशाहीन होती हैं बल्कि सभी के समय की बरबादी भी करती हैं। यह बैठक हर तरह से औपचारिक हो और हर बार किसी अलग जगह (सम्भव हो तो किसी अलग शहर में) पर होनी चाहिए। इस तरह की बैठकों के लिए सप्ताहान्त काफ़ी अनुकूल होते हैं। पारिवारिक बिज़नेस एक गम्भीर क़िस्म का व्यवसाय है। इसकी समीक्षा या इसके भविष्य की योजना तैयार करने का काम लंच अथवा डिनर करते हुए नहीं हो सकता।

> आइए, मिलकर एक नियम बनाएं कि जब कभी हम मिलें तो मुस्कुराकर मिलें, तब जबकि मुस्कुराना कठिन हो। तब भी एक-दूसरे को देखकर मुस्कुराएं तथा अपने परिवार में एक-दूसरे के लिए समय निकालें।
>
> मदर टेरेसा

इस प्रकार की पारिवारिक बैठकों के लिए व्यापार का आकार मायने नहीं रखता। अगर परिवार का व्यापार छोटा भी है तो पिता, मां, बेटा और बेटी दो-तीन महीने में एक बार तो बैठक कर ही सकते हैं – लेकिन एक निश्चित एजेंडे को लेकर तथा व्यापार की जगह से अलग जाकर।

पारिवारिक बैठकों के एजेंडा में इन बातों को शामिल किया जा सकता है :

1. अगले महीने, अगले साल, अगले पांच साल, अगले एक दशक के लिए योजना बनाना।
2. सहमति के बिन्दु जिनमें सभी का नज़रिया एक जैसा हो।
3. लेखा (एकाउंट्स) की समीक्षा।
4. परिवार के विवादों तथा असहमतियों पर विचार-विमर्श।
5. परिवार के व्यापार के बारे में जागरूकता बढ़ाना – नीतियों, प्रक्रियाओं, लोगों, उत्पादों वगैरह के बारे में।
6. व्यापारिक फ़ैसले करना और उन पर अमल करना।

अनौपचारिक बातचीत के दौरान हमेशा ही किसी के फट पड़ने की सम्भावना बनी रहती है यानी वे 'स्टीम वाल्व' की तरह होती हैं। यह सुनिश्चित करें कि सुनने की बेहतर क्षमता विकसित करनेवाली ये बैठकें समय पर शुरू हों। अपने सम्भावित वारिसों को अनुशासन सिखाने के लिए ये बैठकें कारगर उपाय हो सकती हैं।

13

अपने प्रियजनों के मार्गदर्शक बनें

कई साल पहले मैंने एक फिल्म देखी थी 'एलीफेंट वॉक़' जिसमें एक सफल और मशहूर पशु फार्म मालिक ने अपने छ: साल के बेटे को ज़बरदस्ती घुड़सवारी सिखाना शुरू किया क्योंकि उसे यह ग़लतफ़हमी हो गई थी कि उसकी तरह बनने के लिए उसके बेटे को अच्छा और निर्भीक घुड़सवार बनना चाहिए। लेकिन वह बच्चा घोड़े से डर गया और उसने विरोध किया। फिर भी पिता ने उस पर घुड़सवारी सीखने के लिए दबाव डाला। अब वह लड़का बुरी तरह घबरा गया। इस अकेली घटना ने ही उस बच्चे के पूरे व्यक्तित्व को बदलकर रख दिया और वह फार्म मालिक बनने की बजाय टीचर बनकर रह गया।

मेरे पिता भी मुझे अपनी ही तरह इंजीनियर बनाना चाहते थे। लेकिन मैं विज्ञान और गणित में होशियार नहीं था। चूंकि मेरे पिता समझदार थे इसलिए उन्होंने मुझे उसी रूप में स्वीकार कर लिया, जैसा मैं था और मुझे मेरी रफ़्तार से जीवन में मेरी अपनी तय की हुई दिशा में आगे बढ़ने दिया। अगर उन्होंने मुझ पर इंजीनियर बनने के लिए दबाव डाला होता तो शायद मैं वो बन भी जाता मगर इस बात की पूरी सम्भावना है कि तब अपने कैरियर में मैं नाख़ुश और असफल रहता।

इसी तरह पारिवारिक व्यापार में भी आप अपने सगे-सम्बन्धियों के मार्गदर्शक बनें तो अच्छा होगा, न कि उन्हें अपनी तरह बिज़नेस संभालने के लिए कहें।

जे. विलार्ड मैरियट (अमरीका में मैरियट होटल श्रृंखला के संस्थापक)

ने जब अपने बेटे को व्यापार संभालने के लिए चुना तो उसे एक पत्र लिखा। मेरा मानना है कि इन विचारों को कहीं भी लागू किया जा सकता है...जब आप रिटायर होने की तैयारी कर रहे हों तब भी!

प्रिय बिल,

मुझे तुम पर बहुत गर्व है। वर्षों की तैयारी, काम और पढ़ाई के नतीजे दिखाई पड़ने लगे हैं।

एक नेता का चरित्र होना चाहिए, उसे हर काम में उदाहरण बनना चाहिए। यही उसका सबसे ज़्यादा प्रभाव होता है। इस लिहाज से तुम्हारी तारीफ़ करनी होगी। तुमने मेरा बेटा होने की अपनी हैसियत का फ़ायदा नहीं उठाया। तुम विनम्र बने रहे।

तुमने साबित कर दिखाया है कि तुम लोगों को संभालकर रख सकते हो और उनसे काम भी ले सकते हो। तुमने एक फ़ायदा भी किया है – तुम्हारा विचारक काम करता है। तुम लोगों के साथ अधिक धैर्य और समझ-बूझ से पेश आते हो।

अकसर ऐसा नहीं होता कि एक बेटा अपने पिता का स्थान ले पाए और फिर अपनी उपलब्धियों तथा योग्यता के बूते पर उस जगह पर टिका भी रह सके। एक ऐसे बिज़नेस का मैनेजर होना जिस पर लगभग 30,000 लोग अपनी रोजी-रोटी के लिए निर्भर हों, अपने-आप में बड़ी ज़िम्मेदारी है, लेकिन मुझे पूरा भरोसा है कि तुम ऐसी टीम का निर्माण करोगे जो उस व्यापार की लगातार सफलता सुनिश्चित करेगी जो कई लोगों की वर्षों की कड़ी मेहनत और समर्पण का नतीजा है। मैंने कुछेक मार्गदर्शक बिन्दुओं का ज़िक्र किया है जो मेरे अनुभव से उपजे हैं और जिनके बारे में मैंने चाहा है कि काश मैंने उन पर और ध्यान दिया होता।

प्यार और शुभकामनाएं,

तुम्हारा

डैडी

अपने व्यापार को सफल बनाने के निर्देशक तत्त्व

बिल के लिए ये गाइडपोस्ट एक अलग कागज पर लिखे गए थे। ये कुल मिलाकर पन्द्रह थे :

1. ख़ुद को शारीरिक, मानसिक और आध्यात्मिक दृष्टि से चुस्त-दुरुस्त बनाए रखो।
2. अपनी आदतों पर नज़र रखो – ख़राब आदतें तुम्हें नष्ट कर देंगी।
3. हर कठिन समस्या पेश आने पर प्रार्थना करो।
4. मैनेजमेंट के पेशेवर सिद्धान्तों को पढ़ो और उनका पालन करो। उन्हें तर्कपूर्ण ढंग से और पूरी व्यावहारिकता के साथ अपने संगठन पर लागू करो।
5. तुम्हारे लोग तुम्हारी पहली प्राथमिकता होनी चाहिए – उनका विकास, निष्ठा, हित, टीम भावना महत्त्वपूर्ण है। हर क्षेत्र में मैनेजर तैयार करो। यह तुम्हारी मुख्य भूमिका है।
6. फ़ैसले : आदमी अपनी ज़िम्मेदारियां निभाने की प्रक्रिया में फ़ैसले लेते हैं। यह बिलकुल साफ़ कर दो कि किस मैनेजर का क्या दायित्व है और कौन से फ़ैसले तुमने ख़ुद के लिए सुरक्षित रखे हैं।
7. आलोचना : लोगों की आलोचना मत करो बल्कि उनकी योग्यताओं के आकलन सम्बन्धी चर्चा सिर्फ़ उनके सुपरवाइज़रों (या इस काम के लिए निर्धारित जो भी व्यक्ति हो) के साथ ही करो। याद रखो, कि जब तुम किसी के भी बारे में कुछ कहते हो तो वह बात कभी-कभी (और अकसर ऐसा होता भी है) उन तक पहुंच जाती है। शायद ही कोई राज़ की बात हो।
8. लोगों में अच्छाइयां देखो और उन गुणों को अपने-आप में पैदा करो।
9. अगर अयोग्यता को दूर नहीं किया जा सके और कोई कर्मचारी किसी काम के योग्य न हो तो उसके लिए कोई दूसरा ऐसा

काम तलाशो जो वह कर सके या फिर उसे तुरन्त नौकरी से निकाल दो। इन्तज़ार मत करो।

10. अपने समय का प्रबन्धन करो।
    - बातचीत संक्षिप्त रखो – केवल विषय तक सीमित।
    - काम के एक-एक मिनट का भरपूर इस्तेमाल करो।
    - कम समय तक काम करो – हममें से कुछ तो अपना आधा समय बरबाद करते हैं।
11. लोगों को अधिकार सौंपो और उन्हें नतीजों के लिए ज़िम्मेदार ठहराओ।
12. विवरण :
    - अपने स्टाफ़ को अपना ध्यान रखने दो।
    - अपनी ऊर्जा को विभागीय अध्यक्षों के साथ योजना तैयार करने, सोचने, काम करने तथा नए विचार पैदा करने के लिए बचाकर रखो।
    - वह काम मत करो जो कोई और आपके लिए कर सकता हो।
13. नए विचार और प्रतियोगिता :
    - नए विचार तुम्हारे व्यापार को जीवन्त बनाए रखते हैं।
    - यह जानने की कोशिश करो कि तुम्हारे प्रतियोगी क्या कर रहे हैं और क्या योजनाएं बना रहे हैं।
    - अपने लोगों को बेहतर तरीक़े ईजाद करने तथा व्यापार में सुधार करने के लिए सुझाव देने को प्रेरित करो।
14. अपने कर्मचारी का काम ख़ुद करने की कोशिश मत करो – उसे सलाह दो।
15. निष्पक्ष होकर सोचो और अपनी विनोदप्रियता भी बनाए रखो। व्यापार को अपने तथा दूसरों के लिए आनन्द का विषय बनाओ।

(सौजन्य : 'मैरियट' लेखक रॉबर्ट ओ'ब्रायन)

14

अपने दिमाग़ का एंटीना सक्रिय रखें

गणेशजी अपने बड़े कानों से हमें सुनने के लिए प्रेरित करते हैं। लोग बातें करते हैं और बहुत ज़्यादा भी, लेकिन शायद यही कारण है कि हमारे दो कान होते हैं। सब-कुछ सुनें मगर जो आपके लिए उपयोगी न हो उसे बाहर निकाल दें।

जब मैं कहता हूं, “सुनकर सीखें और अभिव्यक्त करते हुए समझें।” तो मेरा आशय यही होता है कि सुनने के बाद विचार प्रकट करना नहीं भूलना चाहिए। गणेशजी का बड़ा-सा माथा जिसके पीछे उनका दिमाग़ छिपा होता है, दरअसल, अभिव्यक्ति के लिए ही होता है। आपका दिमाग़ भी एक समय में हज़ार विषयों के बारे में विचार प्रकट कर सकता है। अच्छी अभिव्यक्ति के लिए आराम करना सीखें। इस दौरान अपने विचारों को दोहराते रहें। कभी भी जल्दबाज़ी मत करें। सोचने और विचारों को जाहिर करने के लिए पूरा समय लें क्योंकि आपका पारिवारिक व्यापार आपके ‘वंश’ के लिए बहुत अहमियत रखता है।

> विचारों को यदि उचित पोषण मिले तो वे आपके जीते-जागते संसार का यथार्थ बन जाएंगे। विचार दरअसल, बेहद शक्तिशाली होते हैं।
>
> डॉ. वायन डायर

अपनी आंखों से ग़ौर से देखें कि आपके आसपास क्या घट रहा है। वैसे यहां यह बताना प्रासंगिक होगा कि हेनरी फ़ोर्ड शायद दुनिया का सफलतम उद्योगपति था। लेकिन जब उसके बेटे को व्यापार का मालिक बनाने का वक़्त आया तो वह असफल साबित हुआ। आख़िर में उसकी

पत्नी को यह धमकी देनी पड़ी कि अगर वह उनके पोते हेनरी फ़ोर्ड II को अपना उत्तराधिकारी नहीं बनाएगा तो वह मायके चली जाएगी। शुक्र था कि उसने पत्नी की इस सलाह को माना और यह फ़ैसला उनके पारिवारिक बिज़नेस के लिए भी वरदान साबित हुआ।

इस तरह की कई कहानियां या फिर वास्तविक जीवन के उदाहरण यहां दोहराए जा सकते हैं लेकिन अगर आप अपने शहर में ही नज़र दौड़ाएं तो आपको दर्जनों ऐसी घटनाएं दिख जाएंगी। याद रखें कि एक साधरण-से उदाहरण से आप जितना कुछ सीख सकते हैं, वह सौ किताबों से भी नहीं सीखा जा सकता।

गणेशजी का छोटा मुख हमें याद दिलाता है कि हमें कम बोलना चाहिए। और जब कभी हम किसी ऐसे विषय पर बोलें जिसके बारे में हमें जानकारी नहीं हो तो हमें सवाल पूछने से झिझकना नहीं चाहिए, भले ही वे मूर्खताभरे लगें! गणेशजी की लम्बी सूंड़ हमें अपने आसपास अपनी नाक घुसाने को प्रेरित करती है, हस्तक्षेप करने या मीनमेख निकालने के लिए नहीं बल्कि सूंघने के लिए ताकि हम अपने परिचितों और दोस्तों के पारिवारिक व्यापार के उत्तराधिकारियों के बारे में जान सकें। उनकी योजनाओं और नीतियों के बारे में पूछताछ करें। इस बात की पूरी सम्भावना है कि इस प्रक्रिया में आप अपने उन दोस्तों की मदद कर पाएं जिन्होंने अपने व्यापार को किसी दूसरे को सौंपने के बारे में अभी सोचना भी शुरू नहीं किया है।

> अपने सपनों की दिशा में गुपचुप आगे
> बढ़ते हुए उस जीवन को जिएं
> जिसकी आपने कल्पना की है।
> तभी आप सफल होंगे।
>
> डॉ. वायन डायर

आप अपने और दोस्तों के बीच विचारों के आदान-प्रदान का एक मंच भी तैयार कर सकते हैं – 'उत्तराधिकारी विचार क्लब' जहां एक जैसी सोचवाले व्यक्ति योजनाओं पर विचार-विमर्श कर सकते हैं। यह मत भूलें कि व्यापार को उत्तराधिकारियों को सौंपने की योजनाएं उसी दिन शुरू हो जाती हैं जब आपका बच्चा इस दुनिया में आता है। मान लीजिए कि आपके क्लब की बैठक हर तीसरे सोमवार

को शाम छः बजे होती है और इसमें आप आपस में विचार-विमर्श करने के अलावा विशेषज्ञों को भी आमन्त्रित कर सकते हैं। इस तरह के क्लब को सिर्फ़ दो लोग भी शुरू कर सकते हैं लेकिन सदस्यों की संख्या 16 से अधिक नहीं होनी चाहिए वरना चर्चा कम और शोर-शराबा ज़्यादा होगा।

आपकी पत्नी आपकी सर्वश्रेष्ठ पूंजी है

क्या आपकी पत्नी को ऐसी बैठकों में आपके साथ क्लब जाना चाहिए? यह आपकी पत्नी की मानसिक सोच पर निर्भर है। अपने पारिवारिक व्यापार के उत्तराधिकार का फ़ैसला लेने की प्रक्रिया में अपनी पत्नी को भी शामिल करने की हर सम्भव कोशिश करें।

किसी भी पारिवारिक बिज़नेस में मालिक प्रबन्धक की पत्नी ही वह पूंजी होती है जिसके बारे में सबसे ज़्यादा ग़लतफ़हमियां होती हैं और जिसे ठीक से समझा नहीं जाता। किसी भी उद्यमी को टिके रहने के लिए गुर और प्रतिभा की ज़रूरत होती है। लेकिन साथ ही उसे सहानुभूति रखने और उसे समझनेवाली पत्नी की भी ज़रूरत होती है। देखा जाए तो बिज़नेस मालिक की पत्नी ही उसकी सबसे बड़ी पूंजी होती है। उसे अपने सपने और अपने दुख-दर्द पत्नी के साथ बांटने चाहिए।

कैटी डेंको, जो अपने पति लियोन डेंको के साथ 'द सेंटर फ़ॉर फ़ैमिली बिज़नेस' चला रही हैं, मानती हैं :

> एक सफल पारिवारिक व्यापार किसी स्वप्न की तरह होता है जो पीढ़ी-दर-पीढ़ी चलता रह सकता है। पारिवारिक सम्बन्धों की इस खिचड़ी के मुख्य तत्त्व हैं – प्रतिबद्धता, संवेदना और सहयोग। कोई भी सफल पारिवारिक बिज़नेस अपने चरम तक तभी पहुंच सकता है जब उस परिवार की औरतें भी उस स्वप्न में भागीदार बनने के लिए तैयार हों। यही कारण है कि हमें आत्मशिक्षित और सक्रिय श्रोता बनना होगा। हमारी भूमिका अपने पतियों को रफ़्तार धीमी करने में मदद देने और जो उनके पास है, यानी उनका परिवार, उसका

आनन्द लेने के लिए प्रेरित करने की होनी चाहिए। लेकिन सबसे पहले हमें उन्हें अपनी चिन्ताएं बांटने के लिए उकसाना होगा। हमें उन्हें काम से प्यार करनेवाला व्यक्ति बनाना होगा, न कि काम का नशा करनेवाला।

हम अपने पारिवारिक व्यापार के साथ चाहे जिस भी ज़रिये से जुड़े हों – विवाह से, जन्म से, उत्तराधिकार के जरिये या हमारे अपने प्रयासों से, वह जल्द ही हमारे जीवन का अन्तरंग हिस्सा बन जाता है। ख़ुश रहने और पूर्णता का अनुभव करने के लिए पारिवारिक व्यापार की विचित्रताओं तथा उसकी सभी प्रकार की मांगों को हम समझने की कोशिश कर रही हैं ताकि फिर यह तय किया जा सके कि उनके साथ किस तरह जीना है।

पारिवारिक व्यापार दरअसल, हमारी उन समस्याओं की पोटली में नई परेशानियों की एक गठरी और जोड़ देता है जो हम सभी अपने भविष्य के लिए पहले से ही ढो रही होती हैं। अकसर हम ख़ुद को यह सुनिश्चित करनेवाले की भूमिका में पाती हैं कि हर कोई अपनी-अपनी रफ़्तार के साथ-साथ दौड़ता है।

15
ज़िम्मेदारियां सौंपें.. चैन की सांस लें !

किसी ख़ास स्थिति पर आपकी प्रतिक्रिया से ही यह तय होता है कि आप अपने पारिवारिक व्यापार के उत्तराधिकारियों को जीरो बनाना चाहते हैं या हीरो। कभी-कभी धैर्य आपका जवाब हो सकता है। कभी-कभी 'धूल को सिर-माथे लगाना' भी ज़बरदस्त नतीजे पैदा कर सकता है। डॉ. डेंको ने इस बारे में लिखा है :

> मेरे ख़याल से मेरी मां दुनिया की सबसे समर्पित गृहिणी थी। लोगों के जाते ही सब झाड़-पोंछकर साफ़ हो जाया करता, सिगार अभी आधी बची होती तो भी ऐश-ट्रे हटा दी जाती, डैड की जुराबों पर प्रेस की जाती और घर के पौधों तक की पॉलिश होती। ऐसे संसार में मैं बड़ा हुआ हूं।
>
> फिर मेरी शादी हो गई। मुझे याद है कि एक दिन पियानो पर कुछ धूल देखकर मैं परेशान हो गया। मुझे वह सब अच्छा तहीं लगा। मैं उसे देखकर पगला गया। मेरी पत्नी ने अस्पताल के एक पूरे फ्लोर को संभालकर दिखाया था। वह उन गिने-चुने लोगों में थी जिन्हें मैं जानता था और जो मुझसे भी ज़्यादा मेहनती थी। लेकिन इसके बावजूद पियानो पर पड़ी धूल मुझे बरदाश्त नहीं हुई। लिहाजा मैंने अपनी उंगली से उस पर 'आइ लव यू' लिख दिया।
>
> हमेशा की तरह वह घर की देखभाल करती रही मगर साथ ही उसने इस बात का भी ध्यान रखा कि मेरा सन्देश और उसके आसपास धूल

का घेरा महीनों तक वैसा ही रहा। मुझे समझने में काफ़ी वक़्त लग गया! आखिरकार मैंने जाना कि कोई भी घर हमेशा धूल से मुक्त नहीं होता। उसे हमेशा बेहतर बनाया जा सकता है मगर कभी-कभी ख़ुशी की ख़ातिर आपसी सहमति से 'धूल' का न्यूनतम स्वीकार्य स्तर भी बनाए रखना होता है।

बहुत से बिज़नेस मालिक अपने अधिकार दूसरों को सौंपकर भार-मुक्त होने और आख़िरकार रिटायर होने से इस वजह से ही बचते हैं क्योंकि वे थोड़ी-सी भी धूल बरदाश्त नहीं कर पाते। उन्हें हमेशा ही कुछ-न-कुछ दोष नज़र आता है और फिर वे उसे दूर करने में जुट जाते हैं। उन्हें लगता है कि दूसरे लोग उनसे भी कहीं ज़्यादा धूल छोड़ जाते हैं। लेकिन शायद उन्हें इस बात का अहसास नहीं होता कि दूसरे लोग ख़राब काम नहीं करते। होता सिर्फ़ इतना है कि अलग-अलग समय पर, अलग प्राथमिकताओं और अलग कारणों के चलते उनसे अलग जगहों पर धूल छूट जाती है।

अब हममें से ज़्यादातर अपने बच्चों को अपने जैसा बनाना चाहते हैं लेकिन अकसर होता इसका उलटा ही है। ज़रा सोचें! अपने आसपास देखने पर आपको हास्यास्पद स्थितियां दिखाई देंगी। आपका बेटा 100 फ़ीसदी आपके जैसा नहीं होता, है न? वह उस माहौल में नहीं पला-बढ़ा जिसमें आपकी परवरिश हुई थी तो फिर वह आपके जैसा कैसे बन सकता है? उसे तो अलग बनना ही है।

साथ ही यह भी मत भूलें कि अपने उत्तराधिकारी की ट्रेनिंग के लिए आपका 9 प्रतिशत समय ख़र्च होता है...समझदारी और सर्जनात्मक तरीक़े से सोच-विचार करने पर। मानसिक रूप से तैयार होने पर अवसर का लाभ भी मिलता है। इसलिए आज से ही ख़ुद को तैयार करना शुरू कर दें, भले ही आप 36 वर्ष के हैं, 46 के हैं या फिर 56 वसन्त देख चुके हैं। शुभकामनाएं!

16

छोटे में ही सौन्दर्य है

हालांकि मेरा इरादा आपको निरुत्साहित करने का नहीं है मगर कभी-कभी ऐसा भी होता है कि आपकी पत्नी, बेटा या बेटी आपके पारिवारिक व्यापार की ज़िम्मेदारियों को निभाने के योग्य नहीं होते या फिर वे उन्हें संभालने के लिए पूरी तरह उत्साहित नहीं होते। तब आपकी हालत कुछ इस तरह होती है :

आपने अपने बेटे को पास के बड़े शहर के कॉलेज में भेजा। फिर आपने इधर-उधर से बचत कर उसके कॉलेज आने-जाने के लिए उसे एक साइकिल ख़रीद दी। आपके बेटे ने अपने स्कूल में पढ़नेवाले बेटे को मोबाइक ख़रीदकर दिया। जब कॉलेज की पढ़ाई का समय आया तो उसने अपने बेटे को एम.बी.ए. करने अमरीका भेजा।

आपका पोता भारत लौटा एक बहुराष्ट्रीय कम्पनी का उपाध्यक्ष बनकर। उसे डॉलरों में तनख़्वाह मिलती है और वह प्याजियो गाड़ी चलाता है। उसकी पत्नी नन्ही-नन्ही पश्चिमी पोशाकें पहनती है और ऐरोबिक्स के लिए पास के जिम जाती है। आपका पोता 'उदारीकरण', 'भूमंडलीकरण', 'साइबरस्पेस' या 'सूचना हाइवे' की बातें करता है। आधे समय तो आप समझ ही नहीं पाते कि वह क्या कह रहा है।

यह स्पष्ट है कि आपके पोते की दिलचस्पी उस पारिवारिक व्यापार में नहीं है जिसे आप और आपका बेटा वर्षों से सींच रहे हैं। लेकिन

निराश होने की कोई बात नहीं। समय बदलता है और लोग भी आगे बढ़ते रहते हैं।

याद करें कि पचास साल पहले आपने अपने पिता की परचून की दुकान पर बैठने से इनकार कर दिया था। याद करने की कोशिश करें कि किस तरह आपने मैट्रिक की पढ़ाई पूरी करने की ज़िद की थी और उसके बाद अपना ख़ुद का व्यापार शुरू किया था। उस वक्त आपके पिता को कितना बुरा लगा होगा। वे समझ नहीं पाए होंगे कि आपने ऐसा क्यूं किया। उन्हें यह चिन्ता भी सताई होगी कि आप ख़ुद को कहां धकेल रहे हैं। लेकिन उन्होंने यह बरदाश्त किया, किया था न? बाद में आपकी सफलता से उन्हें गर्व भी महसूस हुआ था। याद करने की कोशिश करें कि आप किस प्रकार उनके उस गर्व-बोध की छाया में सुकून पाते थे।

अगली बार जब आप अपने पोते को देखें तो उसके सफल बाहरी पश्चिमी आवरण से परे जाकर देखें। वह कोई अनिवासी भारतीय (एन.आर. आई.) नहीं है। वह आपका अपना ख़ून है। इसलिए उसे उसी रूप में स्वीकारें जैसा वह है – अपने स्तर को घटाकर।

यह ज़रूरी नहीं है कि व्यापार के सुख भोगने के लिए आपको फ़ोर्ड या यामाहा की

अपनी भूमिका को उत्कृष्टता से निभाने की ख़ुशी :

जब आप अपनी भूमिका का निर्वाह उत्कृष्टता से करते हैं तो यह बात मायने नहीं रखती कि आप क्या हैं। मायने यह बात रखती है कि आप अपनी उस भूमिका के साथ क्या करते हैं। उत्कृष्टता को केवल 'बुद्धिमानी' वाले या साफ़-सुथरे कार्यों तक ही सीमित रखने की ज़रूरत नहीं पड़ती। कोई भी कार्य कितना भी साधारण क्यों न हो उसमें उत्कृष्टता की आवश्यकता होती है। अयोग्य दार्शनिक की तुलना में कुशल प्लम्बर कई गुना बेहतर है। जो समाज प्लम्बिग में उत्कृष्टता के बावजूद उसे कम इसलिए आंकता है क्योंकि वह छोटा काम है और दर्शन की अयोग्यता तक को बरदाश्त कर लेता है क्योंकि वह महान काम है, उसे दरअसल न तो अच्छा प्लम्बिग कार्य नसीब होता है और न ही अच्छा दर्शन। उसके पाइप और सिद्धान्त क़ामयाब हो ही नहीं सकते।

तरह बड़ा बनना होगा। आप अब भी मज़ा ले सकते हैं यह याद रखकर कि 'छोटा ही सुन्दर भी है' और यह भी कह सकते हैं कि 'छोटा ही आनन्ददायक है'। कभी भी यह मत भूलें कि आप 100 आदमियों के संगठन की बजाय 10 लोगों के व्यापार के जरिये ही ज़्यादा सम्मान और पैसा कमा सकते हैं।

कुछ साल पहले रिलायंस इंडस्ट्रीज़ ने एक रोचक विज्ञापन निकाला, जिसने अपनी उत्कृष्ट भूमिका को लेकर होनेवाली ख़ुशी के बारे में ज़बरदस्त सन्देश दिया (देखें बॉक्स – अपनी भूमिका को उत्कृष्टता से निभाने की ख़ुशी)।

याद रखें कि आपको यह देखकर ज़्यादा ख़ुशी होगी कि आपके आत्मीय लोग जीवन में अपनी-अपनी भूमिका को उत्कृष्टता से निभाते रहें न कि उस स्थिति में जबकि वे आपकी तरह बनने की कोशिश में जीवन-भर दयनीय ही बने रहेंगे।

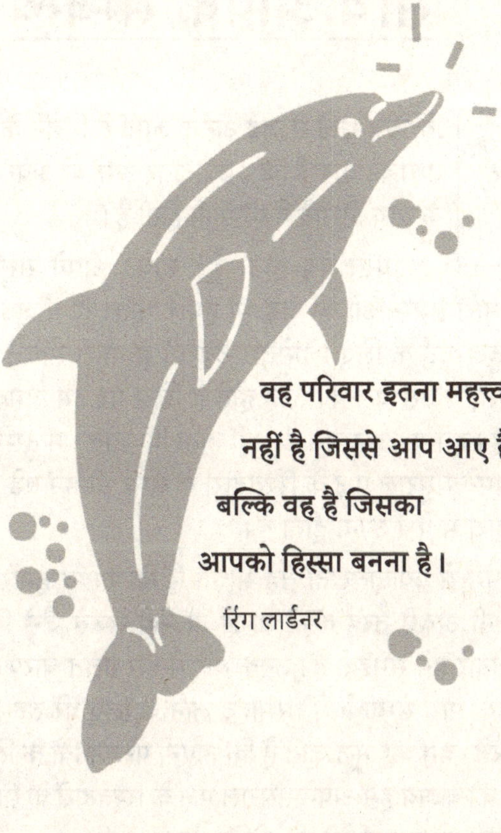

वह परिवार इतना महत्त्वपूर्ण
नहीं है जिससे आप आए हैं
बल्कि वह है जिसका
आपको हिस्सा बनना है।

रिंग लार्डनर

चार

अपने ससुरालवालों के साथ आपके सम्बन्ध

विभिन्न क्षेत्रों से जुड़े अनेक लोगों से मिलने के बाद मैंने इस तथ्य को जाना है कि – ज़्यादातर लोगों को अपने ससुरालवालों के साथ निभाने में परेशानी होती है।

ऐसा क्यूं होता है! शायद अपने ससुरालवालों के साथ हमारी समस्याओं की जड़ भी हमारे भीतर ही मौजूद है। हम उन्हें अपने दुख-दर्द के लिए ज़िम्मेदार ठहराने से पहले सोचते तक नहीं हैं। दरअसल, वे उस थैले की तरह होते हैं जिस पर हम जमकर घूसे जमा सकते हैं। हमें यह अहसास ही नहीं होता कि जीवन में दूसरे सम्बन्धों की तरह अपने ससुराल पक्ष के रिश्तेदारों के साथ भी हमें बड़े ध्यान से और समझदारी से पेश आना होता है।

हममें से ज़्यादातर तो यह सोचते हैं कि शायद हमारे ससुरालवाले हमें उतनी अच्छी तरह कभी समझ ही नहीं सकते जैसे कि हमारे ख़ुद के रिश्तेदार हमें समझते हैं। उनके बारे में इस ग़लत धारणा के चलते ही हम उनके साथ सम्बन्धों में गरमाहट लाने के लिए पूरे तन-मन से प्रयास नहीं करते। हम यह भूल जाते हैं कि अपनी परेशानियों के लिए उन्हें दोषी ठहराने की बजाय हमें अपने ससुराल पक्ष के रिश्तेदारों के साथ पूरी शिद्दत से सम्बन्धों को गहराई देने की कोशिश करनी चाहिए।

हमें छोटी-छोटी बातों पर ग़ुस्सा करने या लड़ने-झगड़ने की

बजाय उन्हें प्यार करने और उनके प्रति सम्मान जताने के लिए अपने ख़ुद के तौर-तरीक़ों के मुताबिक़ छोटे-छोटे उपाय अमल में लाने चाहिए।

अपने जीवन में जो सबसे महत्त्वपूर्ण सबक मैंने सीखा, वह यह है कि अगर आप अपने ससुराल के रिश्तेदारों के लाथ निभा नहीं सकते तो न सिर्फ़ उन्हें बल्कि अपने परिवार में औरों को भी नाख़ुश बनाते हैं।

इसलिए अपने ससुराल पक्ष के साथ जितना सम्भव हो उतने मधुर सम्बन्ध कायम करें। याद रखें कि प्यार ही वो ताक़त है जो ससुराल के ख़राब-से-ख़राब सम्बन्धी को भी आपका दोस्त बना सकता है। आज से ही उनके साथ नरमी, धैर्य और सहानुभूति से पेश आएं।

शुभकामनाएं।

17

अपना दृष्टिकोण बदलें

एक दिन अकबर और बीरबल शिकार के लिए गए तो एक मुड़े-तुड़े पेड़ की तरफ़ इशारा कर बादशाह ने पूछा, "यह पेड़ टेढ़ा-मेढ़ा क्यूं है?"

बीरबल ने जवाब दिया, "यह पेड़ ऐसा इसलिए है क्योंकि यह जंगल के सभी पेड़ों का दामाद है।"

"तुम ऐसा क्यूं कह रहे हो?" अकबर ने पूछा।

बीरबल ने एक कहावत दोहरा दी, "कुत्ते की पूंछ और दामाद हमेशा टेढ़े होते हैं।"

इस पर अकबर ने पलटकर पूछा, "तो क्या मेरा दामाद भी टेढ़ा है?"

"क्यूं नहीं, बादशाह सलामत!" बीरबल का जवाब था।

"तो फिर उसे सूली पर लटका दो," अकबर ने आदेश दिया।

कुछ दिन बाद बीरबल ने तीन सूली तैयार करवाईं – एक सोने की, दूसरी चांदी की और तीसरी तांबे की।

अकबर ने पूछा, "ये किसलिए बनवाई हैं?"

इस पर बीरबल ने जवाब दिया, "बादशाह सलामत, इनमें से एक आपके लिए है, दूसरी मेरे लिए और तीसरी बादशाह सलामत के दामाद के लिए।"

"लेकिन हमें सूली पर क्यूं लटकाया जाएगा?" अकबर ने सवाल किया।

"क्योंकि," बीरबल का तुरन्त जवाब आया, हम तीनों ही किसी-न-किसी के दामाद हैं।"

अकबर यह सुनकर हंसा और बोला, "तो फिर मेरे दामाद को छोड़ दो।"

अकबर और बीरबल की इस बातचीत से स्पष्ट है कि आप दुनिया को नहीं सुधार सकते। आप अपने बॉस, अपने सहयोगियों, अपनी पत्नी, अपने बेटे और बेटियों, या दोस्तों को नहीं बदल सकते। तो फिर आपने यह सोच भी कैसे लिया कि आप अपने ससुरालवालों को बदल सकेंगे।

चूंकि आप उन्हें बदल नहीं सकते इसलिए अगर आपका संयुक्त परिवार है तो आपको उनके साथ मिलजुलकर रहना सीखना होगा। और अगर आप सब एक ही छत के नीचे नहीं रहते तो भी कुछ हद तक मिलने-जुलने से तो बचा नहीं जा सकता। आप अपने ससुरालवालों को तो बदल नहीं सकते, इसलिए सबसे अच्छा उपाय यही है कि उनके प्रति अपना नज़रिया बदल डालें। यह ठीक ऐसा है जैसे रेडियो खोलने पर आपको पहले खड़खड़ाहट सुनाई दे मगर फिर उसका बटन थोड़ा घुमाने पर आपको पसन्दीदा स्टेशन की अच्छी आवाज़ सुनाई देने लगती है। कभी-कभी दूसरों के मुताबिक़ ख़ुद को ढालना ज़्यादा फ़ायदेमन्द होता है। ऐसा बदलाव समझौता नहीं बल्कि समझदारी कहलाता है। और समझदार लोग शान्ति की ख़ातिर कुछ भी करने को तैयार रहते हैं।

> मधुर वाणी और दयाभाव हो तो एक बाल से भी हाथी को खींचा जा सकता है।

इस दुनिया में हर तरह के लोग हैं – कुछ अच्छे होते हैं तो कुछ उतने अच्छे नहीं भी होते। इसी तरह ससुराल के सम्बन्धी भी हर तरह के हो सकते हैं। अगर आपको अच्छे ससुरालवाले नहीं मिलें तो भी अपनी भरपूर क्षमता के लिहाज से अपने धर्म का पालन करें और बाक़ी सब ऊपरवाले पर छोड़ दें। अडिग भरोसा तो कठोर-से-कठोर हृदय को

भी पिघला देता है। हमेशा याद रखें कि अच्छाई कभी बेकार नहीं जाती। अगर अच्छाई करनेवाले पर इसका कोई असर नहीं होता तो कम-से-कम जिसके साथ अच्छाई की जाती है उसका तो भला होता है। भले ही कैसी भी परिस्थिति क्यों न हो मगर यह संकल्प कर लें कि हर रोज़ रात में सोने से पहले आप ख़ुद से कह सकें, “मैंने तो हर सम्भव प्रयास किया।”

18

अपना सन्तुलन बनाए रखें

क्या आप ज़रा-सी अनबन होने पर ही भड़क उठते हैं? अगर वाक़ई ऐसा है तो यूं माचिस की तीली की तरह भड़क उठने और छोटी-छोटी बातों पर तमतमाने की बजाय अपना सन्तुलन बनाए रखना सीखें।

पारिवारिक जीवन में तो उतार-चढ़ाव आते ही रहते हैं, घरेलू झगड़े, व्यक्तित्व की टकराहटें वगैरह। क्या आप भूल गए कि शादी से पहले अपने माता-पिता, भाई-बहनों के साथ भी आप इसी तरह तकरार किया करते थे? तो फिर अब ससुरालवालों के साथ अनबन हो गई है तो इससे कौन-सी धरती हिल गई?

क्या यह ज़रूरी है कि आप भड़ककर आसमान सिर पर उठा लें, सिर्फ़ इसलिए कि वे आपके सास-ससुर हैं? ठीक है कि उनके साथ आपको कुछ समस्याएं पेश आ रही हैं लेकिन अपना सन्तुलन खो देने का यह कोई वाजिब कारण तो नहीं है। माचिस की तीली बनने की बजाय दीये से सबक लें। वह चुपचाप, धीरे-धीरे और तेल की आख़िरी बूंद रहने तक जलता रहता है। तब कहीं जाकर उसकी लौ फड़फड़ाती है। इसलिए गुस्से में प्रतिक्रिया करने की बजाय दीये की तरह धैर्य रखना सीखें।

> अन्याय को स्वीकार करना एक विकल्प हो सकता है, लेकिन चोट पहुंचने में और अन्याय को स्वीकार करने में बहुत फ़र्क़ है।

अपने व्यवहार का विश्लेषण करें

ज़्यादातर झगड़ों में ग़लती दोनों पक्षों की होती है। ताली एक हाथ से नहीं बजती। इसलिए अब आप जब कभी इतने 'बुरे' सास-ससुर मिलने पर अपनी क़िस्मत को कोसें तो यह बात याद रखें। अपना बरताव भी देखें। अगर 60 प्रतिशत ग़लती उनकी थी तो सोचें कि आप अपने हिस्से की 40 प्रतिशत ग़लती को कैसे कम कर सकते थे। या ऐसा तो नहीं कि 60 प्रतिशत ग़लती के ज़िम्मेदार आप हों? तर्कपूर्ण ढंग से सोचें। नियमित रूप से आत्म-विश्लेषण करते रहें। पिछली दफ़ा आपके और आपके ससुरालवालों के बीच जो वाक्-युद्ध हुआ था उसके ज़िम्मेदार आप तो नहीं? आप लोगों के बीच उपजी कड़वाहटों के पीछे आपका कितना योगदान था। आत्म-विश्लेषण करना हमेशा फ़ायदेमन्द साबित होता है। अपने-आप से पूछें, "मैं कहां ग़लत था? क्या इस झगड़े को रोकने के लिए मैं कुछ कर सकता था?"

जीवन सिर्फ़ काला और सफ़ेद नहीं है बल्कि इनके बीच में सलेटी रंग के भी कई शेड देखने को मिलते हैं। अकसर हम एक-दूसरे पर दोष मढ़ने में ही बहुत समय गंवा देते हैं। सास-बहू ज़रा-ज़रा-सी बातों पर ही खींचतान में उलझ जाती हैं और छोटे-छोटे मुद्दों पर लड़ती-झगड़ती हैं। क्या इन युद्धों का होना आवश्यक होता है? क्या हमें यह कहना बन्द नहीं कर देना चाहिए, "मैंने कुछ नहीं किया, सब उसी का किया धरा है।"

हम हर रोज़ के झगड़ों में इस तरह फंसकर रह जाते हैं कि फिर पूरे परिवार का भविष्य भी हमें दिखाई नहीं देता। अगली बार जब कभी आप अपने ससुरालवालों के साथ तर्क-वितर्क या असहमतियों को लेकर उलझ जाएं तो बग़ैर इस बात की परवाह किए कि कौन दोषी है, माफ़ी मांगें और कहें, "माफ़ कीजिए, मैंने आपको दुखी किया।" ये शब्द जादुई हैं और इनका असर सुकून पहुंचानेवाला होता है।

समय के साथ दुखों और झगड़ों के घाव भर जाते हैं क्योंकि हम सभी बदलते हैं और कुछ समय बाद तो यह नौबत तक आ जाती है कि महाभारत या घमासान युद्ध भी छोटी-सी असहमति ही लगता है। यह सब आपके नज़रिये पर निर्भर करता है।

19

प्यादे के लिए अपने बादशाह को कुर्बान क्यूं करें

आप अपने ससुरालवालों के साथ हर रोज़ छोटे-मोटे झगड़ों को लेकर दुखी हो चुके हैं। लेकिन जीवन तो आगे बढ़ता रहेगा। तो फिर ऐसे में आप क्या कर सकते हैं? बेहद झगड़ालू और ग़ुस्सैल स्वभाव के बन जाएंगे जिसका मानसिक सन्तुलन कभी भी गड़बड़ा सकता है? नहीं, आप ऐसा नहीं होने देंगे। अगर आप उस चतुर कौए की तरह होंगे तो कभी ऐसा नहीं करेंगे जो गहरे मटके से पानी पीना चाहता था। उसने मटके में पानी का स्तर ऊंचा करने के लिए उसमें छोटे-छोटे कंकड़ डाले और तब तक वह ऐसा करता रहा जब तक कि उसकी चोंच पानी के स्तर तक नहीं पहुंच गई। जिस तरह चतुर कौए ने अपनी प्यास बुझाई उसी तरह आप भी अपनी कल्पना शक्ति का इस्तेमाल करते हुए हल तलाशने की कोशिश करें। कोई भी स्थिति भले ही कितनी ही क्यों न बिगड़ चुकी हो, इतनी निराशाजनक भी नहीं होती कि उसमें सुधार की कोई गुंजाइश ही न हो।

जीवन में कठिन परिस्थितियों के पेश आने पर उनसे निपटने के लिए मैं जिन ब्रह्मास्त्रों का इस्तेमाल करता हूं, उनके बारे में मैं आपको बताना चाहूंगा।

> इस जीवन की ज़्यादातर परछाइयों का कारण यह होता है कि हम अपने तक पहुंच रही धूप के रास्ते में खड़े होते हैं।
>
> राल्फ वाल्डो इमर्सन

'की फरक पैंदा' अपनाएं

कुछ बातें सचमुच ऐसी होती हैं कि उन पर ध्यान नहीं दिया जाना

चाहिए। जिन छोटी-छोटी बातों की ज़्यादा अहमियत नहीं हो, उनके बारे में की फरक पैंदा (क्या फ़र्क़ पड़ता है) वाला दृष्टिकोण अपनाएं। इस तरह की छोटी-छोटी रुकावटों को दूर हटाकर खुशी तलाशना सीखें।

जीवन और मृत्यु के मामलों या जो सवाल आपकी ईमानदारी और निष्ठा के साथ समझौता करवाने की कोशिश करें, उन्हें बहुत फरक पैंदा (बहुत फ़र्क़ पड़ता है!) वाली श्रेणी के लिए बचाकर रखें। ऐसे मामले में अपने दृष्टिकोण पर कायम रहें और किसी को भी आपकी संकल्पशक्ति को कमजोर मत करने दें।

ससुरालवालों के साथ रोज़-ब-रोज़ के व्यवहार का आकलन करने पर आपको समझते देर नहीं लगेगी कि 99 प्रतिशत विस्फोटक स्थितियां दरअसल, के.एफ.पी. श्रेणी की होती हैं। केवल 1 प्रतिशत ही बी.एफ.पी. श्रेणी में आती हैं। शादी की तुलना अकसर शतरंज के खेल से की जाती है। और शतरंज का कोई भी अच्छा खिलाड़ी आपको बताएगा कि अपने बादशाह, वजीर और हाथी को बचाने के लिए आपको प्यादे कुर्बान करने पड़ते हैं। कई बातों पर आप अपने ससुराल पक्ष के साथ असहमत हो सकते हैं। कभी-कभी वे आपके मुताबिक़ चलते हैं तो किसी और समय आपको उनके अनुसार काम करना पड़ेगा।

छोटे-छोटे झगड़ों को लेकर अपनी दिमाग़ी शान्ति खोना कोई समझदारी नहीं है। टेलीविज़न कहां रखना है, दीवारों पर कौन-सा रंग हो, रात के खाने में क्या बने जैसे विषयों को मुद्दा न बनाएं। लेकिन अपने बच्चों को किस स्कूल में पढ़ने के लिए भेजना है या यदि वे बिगड़ रहे हैं तो उन्हें अनुशासित कैसे करना है, जैसे मामलों में कड़ा रुख अपनाएं।

'यह भी गुज़र जाएगा' को अपना मूलमन्त्र बनाएं

जब हालात सचमुच कठिन हों तब 'यह भी बीत जाएगा' का दृष्टिकोण अपनाएं। अगर आप रोकर ख़ुद को हल्का महसूस करते हैं तो अकेले में आंसू बहा लें मगर इसकी अति भी नहीं होने दें। ससुरालवालों के

साथ आपके खराब सम्बन्ध कई कारणों से हो सकते हैं – वित्तीय चिन्ताएं, बुरा स्वास्थ्य, निजता या एकान्त की कमी। अकसर इनमें से ज़्यादातर कारणों पर आपका कोई बस नहीं चलता। यदि आपका इन परेशानियों को खड़ा करने में कोई योगदान नहीं रहा है और आप इन्हें ख़त्म भी नहीं कर सकते तो यह कहकर अपने-आप को समझा लें कि 'यह भी बीत जाएगा'।

लेकिन साथ ही अपने ससुरालवालों की इज़्ज़त भी करें। हां, अगर कभी भी आपको यह लगे कि आपकी विनम्रता को आपकी कमज़ोरी समझा जा रहा है या आपके साथ बुरा व्यवहार किया जा रहा है अथवा किसी को आपकी परवाह ही नहीं है तो इस सबको रोकें। जो बहू हर रोज़ अपनी सास के ताने या ग़लत बातें सुनती है, उसकी स्थिति पायदान से बेहतर नहीं होती। हमेशा दामाद पर झल्लाते रहनेवाला ससुर किसी अभिशाप से कम नहीं होता। जितना सम्भव हो सके उतने ईमानदार और धैर्यवान बनें। लेकिन अगर दूसरी तरफ़ से कोई राहत मिलती न लगे तो इस तरह की अनावश्यक कड़वाहटों को ख़त्म करने का उपाय तलाशें।

अच्छी बातों पर ध्यान दें

याद रखें कि शादी-ब्याह सिर्फ़ ख़रीदारी, कपड़े और जेवरात, बारात, बैंड-बाजा और इसके बाद कुल्लू-मनाली या गोवा में हनीमून मनाने तक ही सीमित नहीं होता। विवाहित होने के असली मायने शुरू ही तब होते हैं जब आप हनीमून से लौटकर नए पति या नई पत्नी और एक रेडीमेड, भरे-पूरे परिवार के साथ रहना शुरू करते हैं।

> अच्छी स्मृति वही है जो दिन की अच्छी बातों को याद रखे और तकलीफ़ों को भूल जाए।

शादी फूलों की सेज नहीं है। विवाह को सफल बनाने के लिए कड़ी मेहनत, व्यवहार-कुशलता, विनोदप्रियता, धैर्य और परिपक्वता की ज़रूरत होती है। इतना ही काफ़ी नहीं है कि आप अपने ससुरालवालों को 'प्यार' करते हैं बल्कि यह महत्त्वपूर्ण है कि उनके साथ लम्बे समय तक अच्छे सम्बन्ध बनाए

रखने के लिए आप कितनी मेहनत करते हैं।

अपने विवाहित जीवन की शुरुआत इस संकल्प के साथ करें कि आप अपने ससुरालवालों की अच्छी बातों पर ज़्यादा ध्यान देंगे। इसमें कोई शक़ नहीं कि ससुरालवालों के साथ रहना वाक़ई रस्सी पर सन्तुलन बनाने जैसा है। लेकिन मदारीवाले की ही तरह अभ्यास और धैर्य के जरिये आप भी यह सन्तुलन कायम कर सकते हैं।

अपने ससुरालवालों को बलि का बकरा मत बनाएं

आपको अपने ससुरालवालों के मुताबिक़ कुछ हद तक ख़ुद को ढालना होगा। किसी भी सुखी वैवाहिक जीवन का महत्त्वपूर्ण नियम है – जब कभी आपका अपने जीवनसाथी के साथ झगड़ा हो तो इसके लिए अपने ससुरालवालों पर दोष मत मढ़ें। क्योंकि अगर आप ऐसा करेंगे तो एक दुष्चक्र में फंस जाएंगे। आप दोनों ही अपने-अपने ससुराल पक्ष की बेइज़्ज़ती करने में लगे रहेंगे और तब हालात बद से बदतर होते चले जाएंगे।

एक-दूसरे के परिवारों पर दोषारोपण करने या बेइज़्ज़ती करने से किसी के भी वैवाहिक जीवन में कभी ख़ुशी नहीं आ सकी है। इसलिए पति-पत्नी की तू-तू, मैं-मैं में ससुरालवालों को न घसीटें।

> आपका दिमाग़ ही नरक को स्वर्ग में और स्वर्ग को नरक में तब्दील कर सकता है।
>
> जॉन मिल्टन

बच्चे बड़े-बड़े कानोंवाले घड़ों की तरह होते हैं। वे आपकी कही हुई ज़्यादातर बातों को सुनते हैं और फिर दूसरों के सामने उन्हें दोहराते हैं। परिवार में शान्ति बनाए रखने के लिए इस बात का ख़ास ध्यान रखें कि बच्चों के सामने आप क्या कह रहे हैं।

इस सब पर दूसरे नज़रिये से भी देखें। क्या आप यह चाहेंगे कि जब आपकी बेटी की शादी हो तो उसका पति आपको खूसट और मूर्ख समझे?

20

समझदार बहू बनें

अपने बच्चों को मोहरा मत बनाएं

कुछ बहुएं ससुरालवालों के साथ चल रहे अपने झगड़े में बच्चों को मोहरा बनाने की ग़लती कर बैठती हैं। ऐसा मत करें। यह बच्चों के लिए नुकसानदायक हो सकता है। और फिर आपके लिहाज से भी यह कदम मूर्खतापूर्ण ही होगा। कभी-कभी बच्चे ही आपके और ससुरालवालों के बीच पुल बन सकते हैं क्योंकि आप उन्हें प्यार करते हैं और वे भी बच्चों को चाहते हैं। 'शीत युद्ध' के दौरान बच्चे ही आप दोनों पक्षों के बीच सम्पर्क बनाए रखने में मदद कर सकते हैं।

यह याद रखें कि ससुरालवाले आपके दुश्मन नहीं हैं। वे आपसे आपके बच्चों को छीनकर नहीं ले जाएंगे। दादा-दादी या नाना-नानी भले ही कितना प्यार करनेवाले क्यूं न हों मगर उनका स्थान अलग होता है। अगर आपके बच्चे उन्हें प्यार करते हैं तो इसका मतलब यह नहीं है कि वे आपको कुछ कम चाहते हैं।

> अगर हम वह करेंगे जो आवश्यक है, तो हर विपरीत परिस्थिति भी हमारे अनुकूल हो जाएगी।
>
> हेनरी किसिंजर

अपने बच्चों को उनके करीब आने के लिए प्रेरित करें। वे उनसे बहुत कुछ सीख सकते हैं – एक-दूसरे की परवाह करना, आपस में बांटना, कुछ देना – ये ऐसे मूल्य हैं जिन्हें वे स्कूल में या किताबों से नहीं सीख सकते। दरअसल, दादा-दादी या

नाना-नानी मां-बाप से भी बेहतर टीचर साबित हो सकते हैं क्योंकि उनके पास अनुभवों की चाशनी में पकी समझबूझ होती है।

हमारे देश में एक पुरानी कहावत है, "असल से प्यारा सूद।" बुढ़ापे में दादा-दादी के पास इतना समय होता है कि वे अपने पोते-पोतियों पर उसे लुटाते हैं। सच तो यह है कि कई बार वे अपने पोते-पोतियों का इतना ध्यान रखते हैं जितना उन्होंने अपने बच्चों का भी नहीं रखा होता। इसलिए उन्हें नाती-पोतों के साथ वक़्त गुज़ारने की ख़ुशियों से वंचित मत करें।

दादा-दादी या नाना-नानी दरअसल, दुनिया के सबसे अच्छे 'बेबी सिटर' (बच्चों की देखभाल करनेवाले) होते हैं। उनके जैसा सच्चा प्यार और देखभाल कोई और कर ही नहीं सकता। व्यस्त जीवन की भागमभाग झेलनेवाले माता-पिता अपने बच्चों को दादा-दादी की नियमित देखरेख और लाड़-दुलार दे सकते हैं।

जब वे आपके बच्चों को बांहों में भरें या उनके लिए कोई ख़ास उपहार लें तो उन्हें घूरकर मत देखें। वे आपके बच्चों को घूस देकर उन्हें आपसे छीनने की कोशिश नहीं कर रहे होते। आपके बच्चों की परवरिश के वक़्त उनका बहुत सहारा आपको मिल सकता है।

आपके सास-ससुर के राज़ आपके भी राज़ हैं

जिस तरह मिथकों के नारद मुनि अपने पेट में कोई राज़ छिपाकर रख ही नहीं सकते थे और यहां-वहां की बातें कर काफ़ी ग़लतफ़हमियां पैदा करते थे, उसी तरह टेलीफ़ोन भी कभी-कभी परिवार में नारद मुनि बनकर मुसीबत खड़ी कर सकता है। कभी-कभी जवान अनुभवहीन बहुएं फ़ोन पर घंटों अपनी मांओं के साथ बतियाती हैं और ससुराल में क्या चल रहा है इसकी पूरी ख़बर उन तक पहुंचाती हैं। रात के खाने में क्या बन रहा है, ननद की शादी की बात कहां चल रही है, जेठ और जेठानी का झगड़ा, धोबी ने सास से क्या कहा, बॉस ने उसके अपने पति को क्या कहा – सब-कुछ टेलीफ़ोन तार के मार्फ़त उत्सुक मां के कानों में उड़ेल दिया जाता है।

किसी भी बहू की यह सबसे गम्भीर ग़लती हो सकती है। हर घर की कुछ-न-कुछ समस्याएं होती हैं। अपने घर की परेशानियों की चर्चा बाहरवालों के साथ करना बेमायने है। यह खुलेआम अपनी ग़न्दगी धोने जैसा है। अपनी समस्याओं को घर की चहारदीवारी के भीतर रखें। समझदारी और धैर्य से ख़ुशी के रास्ते की इन रुकावटों को हटाया जा सकता है।

> हम हमेशा अपने विचारों को नहीं रोक सकते, लेकिन हम अपने शब्दों को रोक सकते हैं, एक ही बात को दोहराने से अन्तरात्मा पर असर पड़ता है और तब हम परिस्थिति के स्वामी बन जाते हैं।
>
> हॉरेन्स स्कॉरिल शिन

समझदार बनें। गपशप न करें, ख़ासतौर पर अपनी सास के साथ तो भूलकर भी ऐसा न करें। जब आप शादी के बाद किसी परिवार में दाखिल होती हैं तो उसके सभी राज़ आपके भी राज़ बन जाते हैं। आपको उनकी निजता और एकान्त का सम्मान करना चाहिए। किटी पार्टियों में 'सास बुराई मोर्चा' खोलकर न बैठ जाएं।

याद रखिए, नानक दुखिया सब संसार! अपने परिवार की समस्याओं, घरेलू झगड़ों या वैवाहिक उलझनों की चर्चा हर किसी के साथ करने से कोई फ़ायदा नहीं होगा, सिर्फ़ उनके साथ इस बारे में बातचीत करें जो आपको ठीक-ठीक सलाह दे पाएं।

अपने पति को श्रवण कुमार की भूमिका निभाने दें

सदियों से हर आदमी अपने मां-बाप का श्रवण कुमार बनने की ख़्वाहिश पालता आया है। अगर आपके पति भी ऐसा कुछ करना चाहते हैं तो उन्हें तसल्ली से करने दें। ख़ुशहाल बेटा ही अच्छा पति और अच्छा पिता हो सकता है। परेशानियां तब खड़ी होती हैं जब वह महसूस करता है कि उसे अच्छा बेटा बनने से रोका जा रहा है या फिर आप उसे श्रवण कुमार नहीं बनने देना चाहतीं।

सब्र रखें। अरस्तू की कही बात याद करें – "धैर्य कड़वा होता है

मगर उसका फल मीठा होता है।" अपने सास-ससुर की देखभाल का बोझ अपने कन्धों पर ढो रहे पति पर इस बात को लेकर छींटाकशी नहीं करें। आप जितनी बार गड्ढा खोदेंगी उतनी ही बार अपने वैवाहिक जीवन की क़ब्र को और गहरा बनाती जाएंगी।

इस सबका एक अच्छा असर यह होगा कि जब आपके बच्चे अपने पिता को उनके माता-पिता की देखभाल करते हुए देखेंगे तो आपका वक़्त आने पर वे भी ऐसा ही करेंगे। जिस परिवार में दादा-दादी तथा अन्य बुज़ुर्गों का सम्मान होता है वहां बच्चे ख़ुद-ब-ख़ुद अच्छे मूल्य सीख जाते है। इसके उलट जिन घरों में बड़े-बुज़ुर्गों की इज़्ज़त नहीं की जाती वहां बच्चे भी अच्छे संस्कारोंवाले नहीं बन पाते।

> आप हर रोज़ जितना काम कर पाना सम्भव मानते हैं, उससे कुछ ज़्यादा ही करें।
>
> लॉवेल थॉमस

दिखावा मत करें

बहू होने के नाते आपको इस कहावत को कभी नहीं भूलना चाहिए, 'जितनी चादर हो उतने पैर पसारो' यानी अपनी हैसियत के मुताबिक़ खर्चा करो। अगर आपके सास-ससुर आपके लिए महंगे उपहार या सामान नहीं ख़रीद सकते तो अपने पिता पर उनके लिए दबाव मत डालें। इससे भी ज़्यादा यह कि अपने पिता की दौलत का ढिंढोरा अपने सास-ससुर के आगे न पीटें। यह 'ख़राब संस्कारों' का सूचक है और इसे ही 'दिखावा' कहते हैं। इससे आपके ससुरालवालों के आत्म-सम्मान को ठेस लगेगी।

कभी भी यह मत भूलें कि जीवन जोड़-तोड़ का नाम है। एक बहू होने के नाते आपके कई फ़र्ज़ होते हैं और भले ही आपके सम्बन्ध की दृष्टि से वे आवश्यक न हों, तो भी आपके सास-ससुर को ख़ुश रखने की दिशा में वे अहम हो सकते हैं।

21

अपने सास-ससुर को समय दें... अभी से

सभी तरह के सम्बन्धों को – भले ही वे दोस्तों, पड़ोसियों, सहयोगियों या व्यापारिक साथियों के साथ क्यों न हों, बहुत देखभालकर सहेजना होता है। तो फिर ससुराल पक्ष के साथ सम्बन्धों में ऐसा क्यूं नहीं हो सकता? ससुरालवालों का यह दुर्भाग्य ही है कि वे न तो परिवार के समान होते हैं और न ही उन्हें दोस्त समझा जाता है। हम उनके प्रति उस प्यार का अनुभव नहीं करते जो हम अपने ख़ुद के परिवारवालों या जिनके साथ हमारा खून का रिश्ता होता है, उनके प्रति महसूस करते हैं, और न ही हम उन्हें उतना वक़्त और महत्त्व देना चाहते हैं जो हम अपने दोस्तों को देते हैं।

यही हमारी सबसे बड़ी भूल है। ससुराल पक्ष के साथ सम्बन्धों को देखभाल, धैर्य और समझ-बूझ से सींचने की ज़रूरत होती है। अपने सास-ससुर और अन्य सम्बन्धियों को समय दें। इससे अच्छे लाभ सामने आएंगे। कुल मिलाकर आपके स्टॉक उछलेंगे। यह समय के साथ परखी गई बात है।

हममें से हर कोई किसी का दामाद या बहू तो किसी का ससुर या सास, ननद, देवर, भाभी, जेठ-जेठानी कुछ भी हो सकता है। चूंकि ज़्यादातर लोग बुरे नहीं होते इसलिए ऐसा कोई नियम नहीं है जो कहता हो कि ससुरालवाले हमेशा ही बुरे होते हैं।

तो फिर उन्हें लेकर इतना डर क्यों है? उनको लेकर इतना हंसी-मज़ाक क्यों किया जाता है? वे देश-भर के घर-घर में किसी भी

घरेलू झगड़े के दौरान खलनायक बनाकर क्यूं पेश किए जाते हैं? शायद इसके लिए काफ़ी हद तक बॉलीवुड की मसाला फिल्में ज़िम्मेदार होती हैं जिनमें सास अपनी बहू की चोटी पकड़कर और उससे गुलामों की तरह काम लेती हुई दिखाई जाती है। बहू को भी आमतौर पर दो ही भूमिकाओं में दिखाया जाता है – सती सावित्री भारतीय नारी जो बग़ैर किसी विरोध के सब-कुछ झेलती है या मुंहफट आधुनिक औरत जो सास-ससुर को घर से बाहर निकाल देती है और पति को अपनी छोटी उंगली से बांधकर रखती है।

ये दोनों रूप सच्चाई से कोसों दूर हैं। सास-ससुर भी आम लोगों की ही तरह होते हैं। यह सचमुच शर्मनाक है कि भारत में शादी से पहले ही लड़कियों के दिमाग़ में अपने ससुरालवालों के ख़िलाफ़ ज़हर भर दिया जाता है। शादियों के मौक़ों पर गाए जानेवाले गीत हों, लोकगीत या फिर फिल्मी गाने, सभी युवतियों के दिमाग़ में यह बात डालते हैं कि सास-ससुर से डरकर रहना पड़ता है और यहां तक कि यह भी कि उनसे नफ़रत करनी चाहिए।

> जो दूसरों के बारे में बुरा बोलते हैं उन्हें शान्ति नहीं मिल सकती।

ससुरालवालों पर ख़ासतौर से सास को लेकर तो अनगिनत चुटकुले मशहूर हैं। मसलन, आपके पास एक ख़ास क़िस्म का कैक्टस हो सकता है जिसकी पत्तियां लम्बी, नुकीली हों। इन हरी पत्तियों की किनारी पीली, नुकीली और कांटेदार होती है। यह पेड़ होता है सास की जीभ!

सास-ससुर वास्तव में, हर सफल विवाह का आधार होते हैं। मैं यह नहीं कह रहा कि आपको अपने ससुरालवालों को अवश्य ही प्यार करना चाहिए, मैं तो बस इतना कह रहा हूं कि आपको उनके साथ ख़ुशी-ख़ुशी मिलजुलकर और कम-से-कम तनाव में रहना सीखना चाहिए। अगर आप अपने पति या पत्नी अथवा बेटे या बेटी को ख़ुश देखना चाहते हैं तो आपको अपने ससुरालवालों के साथ अच्छे सम्बन्ध कायम करने होंगे। याद रखें कि ये छोटी-छोटी बातें ही बड़ी और महत्त्वपूर्ण बातों के लिए रास्ता बनाती हैं।

छोटी-छोटी मगर काम की बातें

> महान काम किसी आवेग में आकर नहीं किए जाते बल्कि छोटी-मोटी बातों की श्रृंखला मिलकर उन्हें पूर्ण करती है।
>
> विन्सेंट वैन गो

हर सुबह अपने ससुर के लिए बिना चीनी और ज़्यादा दूध की एक कप चाय बनाना बहुत छोटी-सी बात है। लेकिन अगर आप लगन के साथ ऐसा करती हैं और मुस्कुराकर उन्हें चाय देती हैं तो यक़ीनन उनके दिन की शुरुआत बढ़िया होगी और यह एक बड़ी बात है।

- यदि आपकी सास ने आपके विवाह की वर्षगांठ के मौक़े पर आपको स्पीडपोस्ट से कांचीवरम की साड़ी भेजी हो तो जवाब में तुरन्त धन्यवाद भेजने से उन्हें उतनी ही ख़ुशी होगी जितनी आपको वह सुन्दर सिल्क की साड़ी पाकर हुई है। इसलिए बग़ैर देरी किए फोन उठाएं, तुरन्त।
- अगर बतौर दामाद आप अपने सास-ससुर के साथ अच्छे से पेश आते हैं, तो आपकी पत्नी की नज़रों में आपकी इज़्ज़त और बढ़ जाएगी।
- अगर बहू होने के नाते आपने अपनी सास के साथ सम्बन्ध को बेहतर बनाने में ज़रा भी अतिरिक्त प्रयास किया होगा तो आपके पति भी आपकी उतनी ही अतिरिक्त इज़्ज़त भी करेंगे।

ससुरालवालों के साथ सम्बन्ध दोतरफ़ा होते हैं। अगर आप बग़ैर कुछ दिए सिर्फ़ लेते रहेंगे तो आप ऐसे मुकाम पर पहुंच जाएंगे जहां सारे रास्ते बन्द होंगे। लेकिन यदि आप लेने और देने की दोतरफा प्रक्रिया बनाए रखेंगे – ज़रूरी नहीं कि वह महंगे उपहार ही हों; फ़ोन कॉल, फूल, जन्मदिन और वर्षगांठ पर कार्ड या चिट्टियां – तों आप सम्पर्क के तमाम विकल्पों को जीवित रख सकेंगे।

जितना सम्भव हो सके उनकी तारीफ़ करें और उन्हें यह महसूस

न होने दें कि आपको उनकी परवाह नहीं है। छोटी-छोटी बातें ही सास-ससुर के साथ लम्बी अवधि तक चलनेवाले स्वस्थ सम्बन्ध बनाने में मददगार होंगी। दुर्लभ विदेशी पौधों की तरह सास-ससुर के साथ सम्बन्धों को भी नाज़ुकता और हिफ़ाज़त से निभाना होता है।

ज़रूरत से ज़्यादा ईमानदारी समस्याएं पैदा कर सकती है

आपको यह याद रखना चाहिए कि दूसरे किसी सम्बन्ध की तरह ही सास-ससुर के साथ भी बहुत ज़्यादा ईमानदारी कभी-कभी मुसीबत खड़ी कर सकती है। इस नाज़ुक सम्बन्ध के साथ पेश आते समय हमें सच्चाई रूपी तीखी किनारियों को सूझबूझ और व्यवहार-कुशलता से निपटाना चाहिए। आप जोखिम-भरी परिस्थितियों से कैसे निपटें, इस बारे में मैं आपको कुछ उदाहरण देकर समझाऊंगा।

> आपके प्रियजन शीशे की तरह होते हैं; वे उसमें आपको अपने उस पहलू को देखने के लिए मजबूर करते हैं जो प्यार के क़ाबिल नहीं होता, और फिर वे आप पर ज़्यादा प्यार करना सीखने के लिए दबाव बनाते हैं।
>
> बारबरा डी एंजलिस

मान लीजिए कि आपकी सास नई साड़ी पहनकर आपके सामने आती हैं। आपको वह एकदम बेकार लगती है मगर वे उस साड़ी को सुन्दर मानती है। और फिर वे उसे सेल में खरीदने की लेकर भी ख़ासी उत्साहित हैं। तो, ऐसे में आप क्या करेंगी? क्या आप उन्हें कहेंगी कि साड़ी का रंग उन पर नहीं फब रहा, या फिर यह देखकर कि वे उसे पहनकर बेहद ख़ुश हैं, समझदारी का परिचय देते हुए कुछ ऐसा कहेंगी, "हां, बड़ा शोख रंग है आपकी साड़ी का।" अगर मैं आपकी जगह होता तो उनका मूड क़तई ख़राब नहीं करता।

> सुदृढ़ सम्बन्ध खुलेपन पर नहीं बल्कि व्यवहार-कुशलता पर टिका होता है।
>
> एम. अर्न्स्ट

एक और उदाहरण पर ग़ौर करें। आपकी ननद ने ख़ाना खज़ाना देखकर सीखी एक नई रेसिपी के मुताबिक़ चाइनीज़ भोजन तैयार किया जिसके

लिए वह घंटों किचन में खड़ी रही। लेकिन आपको चाइनीज़ भोजन ज़रा भी पसन्द नहीं है। ऐसे में आप उसकी ख़ातिर उसके पकाए खाने को चखकर उसकी तारीफ़ तो कर ही सकती हैं।

जब ईमानदारी के साथ-साथ अच्छी आदतें और दूसरों के प्रति दयाभाव भी शुमार हो जाता है तो इससे यही पता चलता है कि आपको दूसरों की परवाह है। और अगर आपको एक ही छत के नीचे शान्ति से रहना है तो यही वह सबसे महत्त्वपूर्ण गुण है जिसे आप अपने नए परिवार के प्रति जता सकते हैं।

चिन्ता छोड़ो, सुख से जियो

ससुरालवालों के साथ सम्बन्धों के अपने विश्लेषण में मैंने यह तय किया है कि ख़ुश रहने जितना ही महत्त्वपूर्ण है ख़ुश रहने का फ़ैसला करना। अगर आप लगातार किच-किच से घिरे रहेंगे तो आपका तनावग्रस्त और नाख़ुश होना लाजिमी है। लेकिन इसके उलट अगर आप ख़ुद को यह समझाएंगे कि ख़ुश रहना दिमाग़ी स्थिति है तथा इसके लिए वह माहौल क़तई ज़िम्मेदार नहीं है, जिसमें आप रहते हैं तो मुस्कुराहटें और खिलखिलाहटें आपके जीवन में फिर लौट आएंगी।

> गुलाब तोड़ने हैं तो कांटो का चुभना लाजिमी है।

अपना ध्यान कहीं और लगाने का साधन तलाशें। कोई शौक़ अपनाएं या कोर्स शुरू करें। याद रखें कि ख़ुश रहना दरअसल, इस हद तक व्यस्त रहने का नतीजा है कि आप परेशानी से घिर ही नहीं सकते। इसलिए अगली बार जब आप धोबी या बाई को लेकर अपनी सास के साथ झगड़ें, या ननद के साथ इस बात को लेकर तकरार हो जाए कि रोटियां बनाने की बारी किसकी है, या आपको इस बात पर ग़ुस्सा आए कि आपके स्मार्ट दोस्तों के सामने ही आपके ससुर अपनी नाक में उंगली डाले रहे...तो भड़कने से पहले ज़रा सोचें। इस बात की पूरी सम्भावना है कि इन बातों पर ठंडे दिमाग़ से सोचने पर आप ख़ुद ही समझ जाएंगी कि इन छोटे-छोटे मुद्दों पर अपनी ख़ुशियां कुर्बान करना व्यर्थ है।

22

जब आप सास-ससुर बनें

किसी भी परिवार के लिए इससे ज़्यादा ख़तरनाक और कुछ नहीं हो सकता कि लालच और झूठी उम्मीदें पालकर शादी की जाए। अकसर युवा लड़के अपना जीवनसाथी चुनते समय ग़लत फ़ैसले करते हैं। इसी तरह कुछ लड़कियां भी उन ग़लत आदमियों के चक्कर में फंस जाती हैं जो यह उम्मीद करते हैं कि सास-ससुर उनके शानो-शौकत और ऐशो-आराम से भरे जीवन का ख़र्च उठाएंगे।

ऐसी घटनाएं पहले भी हुई हैं और आगे भी होती रहेंगी। लेकिन ज़्यादातर मामलों में हमें सम्पर्क सेतु बनाए रखने के लिए कड़ी मेहनत करनी होती है। यह कहने का कोई तुक नहीं है, "मैं उसे बरदाश्त ही नहीं कर सकता/सकती, तो फिर बात करने का क्या लाभ?" अगर आपके बच्चे अपने जीवनसाथी का चुनाव कर चुके हैं, तो उन्हें इस बात के लिए मजबूर करना निरी मूर्खता होगी कि वे आपके और अपनी पसन्द के लड़के या लड़की में से किसी एक को चुनें।

विद्रोही बहू

अब विद्रोह पर आमादा उस बहू का मामला लें जो अपने-आप को बदलने, ढालने और यहां तक कि तर्क सुनने तक को तैयार नहीं होती। उसकी समस्याएं वास्तविक या काल्पनिक हो सकती हैं। ऐसे में अगर उसके सास-ससुर उसे 'अपनी' मानें, न कि 'वह जिससे उनके बेटे ने शादी की है' तो हालात कुछ सुधर सकते हैं। वह उनके पोते-पोतियों

की मां है, न कि कोई बाहरी व्यक्ति, भले ही वह एक अजनबी की तरह उनके परिवार में आई थी।

विद्रोह, अकसर अपनी तरफ़ ध्यान खींचने के लिए पुकार होती है। हो सकता है कि अगर कोई उसके साथ बैठकर सहानुभूतिपूर्वक यह जानने की कोशिश करे कि ऐसा क्या है जो हर वक़्त उसे कांटे की तरह चुभ रहा है तो उसे उसकी परेशानी से बाहर आने में मदद मिल सकती है।

> विद्रोह की हर क्रिया मासूमियत की याद को दर्शाती है तथा यह अस्तित्व की सत्ता से अपील होती है।

बहुओं पर आमतौर पर जितना ध्यान दिया जाता है उन्हें उससे कहीं ज़्यादा की ज़रूरत होती है। जब उन पर ध्यान दिया जाता है तभी वे ख़ुद को वहां से जुड़ा हुआ महसूस करती हैं। यह कहना अलग बात है कि वे परिवार का हिस्सा हैं। ज़्यादातर लोग ऐसा इसलिए कहते हैं क्योंकि यही कहने की उम्मीद की जाती है। लेकिन उसे परिवार का हिस्सा स्वीकार करने के लिए ढेर सारे धैर्य की ज़रूरत होती है। यदि एक बार उसे अहसास हो जाए कि उसे पूरी तरह स्वीकार किया जा चुका है तो उसका विद्रोही स्वभाव ख़ुद-ब-ख़ुद गायब हो जाएगा – ठीक उसी तरह जैसे लड़कियों के चेहरे से मुंहासे गायब होते हैं।

क्या तुलना करना ज़रूरी है?

यदि आपका दामाद आपकी उम्मीदों पर खरा नहीं उतरता तो परिवार के दूसरे सदस्यों के साथ उसकी तुलना कर उसे छोटा महसूस करवाने की ज़रूरत नहीं है। अगर आप ऐसा करते हैं, तो आप अगनी ही बेटी के वैवाहिक जीवन की जड़ों को कांट-छांटकर उसकी बुनियाद को झकझोर रहे हैं।

किसी भी सुरक्षित विवाह की बुनियाद है एक-दूसरे के प्रति सम्मान की भावना। अगर आपकी बेटी आपको अपने पति की तुलना दूसरों से करते हुए सुनेगी जिसमें उसे दूसरों के मुक़ाबले कम योग्य बताया

जाएगा तो वह भी पति की इज़्ज़त करना छोड़ देगी। उस स्थिति में ही लड़ाई-झगड़े और तकरार वैवाहिक जीवन को बरबाद कर डालते हैं।

अपनी बेटी के वैवाहिक जीवन से दूर रहें। अगर अपने दामाद को लेकर आप पूरी तरह सन्तुष्ट नहीं हैं तो भी इस सच्चाई को अपने तक ही रखें। 'उसकी साड़ी मेरी साड़ी से सफ़ेद कैसे?' जैसी तुलना कपड़े धोने के पाउडर के लिहाज से तो ठीक है लेकिन जब आप यह कहने लगते हैं कि "उसकी आमदनी मेरी आमदनी से ज़्यादा कैसे?" तो आप सचमुच बहुत बड़ी ग़लती करते हैं।

पीछे पड़े रहने से कोई लाभ नहीं

कई परिवारों में बेटा और बहू दोनों नौकरी करते हैं जबकि बच्चों की देखभाल की ज़िम्मेदारी दादा-दादी पर होती है। आप उन्हें देखकर बड़ा ख़ुशहाल परिवार मान सकते हैं। लेकिन वास्तव में ऐसा नहीं होता। नजदीक से देखने पर आपको सतह पर उभरी दरारें साफ़ नज़र आएंगी।

> दोष ढूंढ़ना आसान है; बेहतर कर दिखाना मुश्किल हो सकता है।
>
> प्लूटार्क

बहू बड़े सवेरे ही उठ जाती है। वह परिवार-भर के नाश्ते के लिए ढेर सारे परांठे बनाती है, सास-ससुर का दोपहर का भोजन तैयार करती है, टिफिन बॉक्स पैक करती है और फिर दफ़्तर के लिए भागते-दौड़ते बस पकड़ती है। फिर दिन-भर में आठ घंटे काम करने के बाद वह शाम को घर पहुंचती है। लेकिन पैर पसारकर थोड़ा सुस्ता लेना उसकी क़िस्मत में नहीं होता; वह चाय बनाती है, रात का खाना पकाती है और बच्चों का होमवर्क कराती है। 24 घंटे के दिन में वह 36 घंटे तक ताबड़तोड़ काम करने के बाद बुरी तरह थककर चूर हो जाती है। तभी उसकी सास शुरू होती है – दोपहर के खाने के लिए बनाई गई चपातियां आधी जली हुई थीं, घर में झाड़-पोंछ नहीं हुई, पति के क़मीज़ का एक बटन टूटा हुआ है, दाल में नमक तेज़ है...यानी उसके पीछे पड़े रहने की मिसाल। बहुत

नाटकीय नहीं लगता यह सब? लेकिन ऐसा सचमुच होता है और ऐसे माहौल में बच्चों को ही सबसे ज़्यादा झेलना पड़ता है।

बच्चे भले ही कितने भी छोटे क्यूं न हों लेकिन उनके दिमाग़ में एक बड़ा-सा कम्प्यूटर फ़िट होता है। जब वे अपनी मां को हर वक़्त थकी-थकी और नाख़ुश देखते हैं जिसके पीछे हरदम कोई हाथ धोकर पड़ा रहता है तो इसका असर उन पर भी पड़ता है। इसलिए और किसी के लिए न सही मगर अपने पोते-पोतियों की ख़ातिर ही अपनी बहू के पीछे पड़े रहने की आदत छोड़ें। उसके कन्धों से कुछ बोझ हल्का करें। इससे घर में ख़ुशहाली आने में मदद मिलेगी।

सास भी कभी बहू थी

जीवन कितना सरल हो जाएगा अगर सास यह शिकायत करना बन्द कर दें कि बहुओं ने उनके बेटों को उनसे छीन लिया है। सच्चाई तो यह है कि कोई भी आपके बेटे को आपसे छीन नहीं सकता। पत्नी का स्थान अलग होता है और आपके बेटे के मन में आपके प्रति जो प्यार है उसका स्थान वह नहीं ले सकती।

> सम्बन्धों में असली जादू का अर्थ है, दूसरों की जांच-परख न करने की स्थिति।
>
> डॉ. वायन डायर

पुरानी हिन्दी फिल्म का यह गाना याद करें – सास भी कभी बहू थी। उस वक़्त को याद करें जब आप जवान थीं और आपकी नई-नई शादी हुई थी। उन अनगिनत ग़लतियों को याद करें जो अपने माता-पिता की छत से निकलकर पति के विशाल संयुक्त परिवार में कदम रखने के बाद आपसे हुई थीं। छोटे-बड़े अनगिनत समझौते, ढेरों सिरदर्दियों, रिश्तेदारों का तांता – आपने कैसे यह सब निभाया होगा और आज आप इस स्थिति में हैं कि आपका जवान बेटा और नई बहू भी है।

इसलिए कुछ समझदार बनें। कुछ नरमी बरतें। जब भी आपकी बहू नई ड्रेस पहनकर या मुस्कुराती हुई आपके बेटे के सामने आए तो उसे घूरें मत। वह आपके लाड़ले को आपसे छीनकर नहीं ले जा रही। वह आपकी दुश्मन नहीं है। यदि आप चाहें तो वह आपकी सबसे क़रीबी

सहयोगी बन सकती है।

उसके साथ सख़्ती से पेश न आएं। उसे कुछ समय दें। ज़रा-ज़रा से बहाने बनाकर उसे दबाने की कोशिश मत करें। वह भी कुछ समय बाद ठीक हो जाएगी – ठीक उसी तरह जैसे आप हो गई थीं।

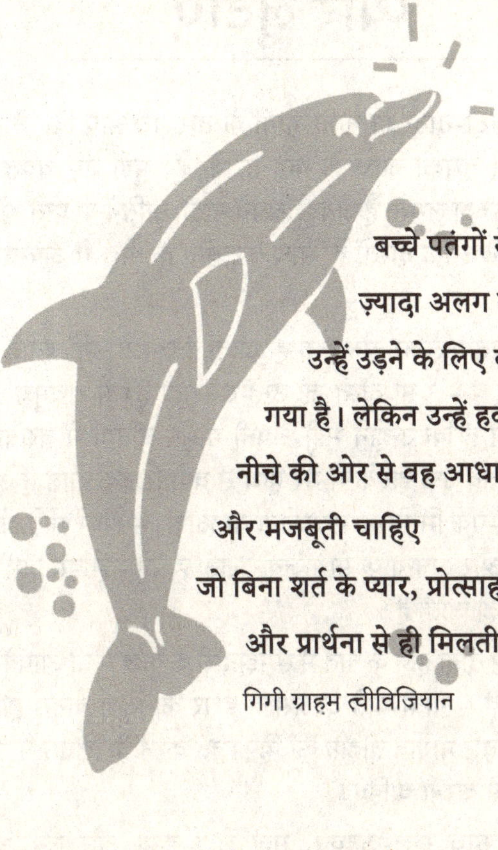

बच्चे पतंगों से बहुत
ज़्यादा अलग नहीं होते...
उन्हें उड़ने के लिए बनाया
गया है। लेकिन उन्हें हवा चाहिए -
नीचे की ओर से वह आधार
और मजबूती चाहिए
जो बिना शर्त के प्यार, प्रोत्साहन
और प्रार्थना से ही मिलती है।

गिगी ग्राहम त्वीविजियान

पांच

अपने नाती-पोतों पर प्यार लुटाएं

दादा-दादी या नाना-नानी के तौर पर आप कितने सफल हैं, इसकी जांच के कई तरीक़े हैं। मुझे उस वक़्त बहुत अच्छा लगता है जब मैं अपने नाती-नातिनें या पोते-पोतियों की उनके दोस्तों के साथ बातचीत के बीच में अपना ज़िक्र सुनता हूं।

मैं उस वक़्त फूलकर रसगुल्ला हो जाता हूं जब वे उन्हें बताते हैं कि मैं उनका दोस्त हूं – ऐसा दोस्त जो उन्हें समझता है। मैं सचमुच उनका अहसान मानता हूं कि उन्होंने मुझे अपनी मासूम दुनिया में बराबरी का दर्जा दिया है। तब एक झटके में मेरे हाथ से वर्षो छिटक जाते हैं और मैं उनके साथ एक-एक मिनट का मज़ा लेना चाहता हूं। मैं अपने पोते-पोतियों गायत्री, गौरव और अनन्य के साथ जब खेलता हूं, तो मुझे इस जमीन पर ही स्वर्ग नसीब हो जाता है।

एक सन्तुष्ट दादा होने के नाते मैं समझदारी के कुछ मोती आपके साथ बांटना चाहता हूं – नाती-पोते दरअसल, ईश्वर का दिया बोनस होते हैं। ईश्वर के इस सबसे नायाब तोहफ़े की हिफ़ाज़त करने के लिए हमें उसकी परवरिश प्यार से करनी चाहिए।

मैं उनके साथ खेल-कूदकर, मज़े लेता हुआ और उन्हें थोड़ा-बहुत बिगाड़कर, जीवन के छोटे-छोटे सुखों को भोगता हूं। यह ख़याल ही मुझे ख़ुशी देता है कि मुझे इतनी लम्बी उम्र मिली कि मैं अपने उन नाती-पोतों का मुंह देख पाया जो मुझे अपनी उम्र से कहीं ज़्यादा जवान

और उत्साह से भरपूर होने का अहसास दिलाते हैं। इस ख़याल के चलते ही मैं दूसरों को भी ख़ुशियां बांट पाता हूं।

दादा-दादी या नाना-नानी होने के नाते आपको यह अहसास होना चाहिए कि आपके नाती-पोते आपको अपने आदर्श की तरह देखते हैं। आपका नज़रिया उनके नज़रिये को भी बेहतर या और ख़राब बनाएगा। आप उन्हें जीवन के सही मूल्यों के बारे में सीख देने के लिए उनके सामने ख़ुद का उदाहरण रखें।

उन्हें उपदेश देते रहने या यह कहकर उनकी तुलना अपने साथ करने से कि जब आप उनकी उम्र के थे तो कैसे थे, आप दोनों के बीच सम्बन्ध प्रगाढ़ नहीं होंगे। यह कितनी अव्यावहारिक बात है कि आप उनकी तुलना अपने उस रूप से करना चाहते हैं जो 60 साल पहले था! इसके अलावा यह भी याद रखें कि आपके नाती-पोते अब बेहद स्मार्ट हो चुके हैं, आप तो शायद ही कभी वैसे रहे हों। इसलिए उन्हें उसी रूप में स्वीकार करना सीखें, जैसे वे हैं।

23

अपने जीवन की शाम का स्वागत करें

आप नौकरी से रिटायर हो चुके हैं। या फिर आपने अपने व्यापार की ज़िम्मेदारी अपने बेटों को सौंप दी है। सफेद बालों और परिपक्वता ने आपको गम्भीर तथा शान्त बना दिया है। अंग्रेज़ी कवि जॉन कीट्स के शब्दों में कहें तो अब आप उस मुकाम की तरफ़ बढ़ रहे हैं जहां आपको आपकी मेहनत के 'रसीले फल' मिलेंगे।

जब तक आपका पहला नाती-पोता इस संसार में आता है तब तक आपके जीवन की शाम हो चुकी होती है। जब तक वह बड़ा होता है या होती है तथा और नाती-पोतियों का जन्म होता है, तब तक आपकी यह शाम 'सन्तोष' से भर जाती है। अपने नाती-नातिनें-पोते-पोतियों के जरिये अपने बचपन को दोबारा पकड़ने से बेहतर और कौन-सा समय होगा? दरअसल, वे ही शाश्वत यौवन के आपके पासपोर्ट हैं।

बच्चों की परवरिश करना मुश्किल काम है – जो चिन्ताओं, अनुभवहीनता के साथ-साथ बार-बार मन में उठनेवाले इस विचार से और जटिल हो जाता है कि 'क्या मैं ठीक कर रहा/रही हूं?' लेकिन जब तक आपके पोते-पोतियां या नाती नातिनें इस संसार में आते हैं तब तक आप विभिन्न परिस्थितियों और लोगों से निपटने के आदी हो जाते हैं। आपने तेज़ झटकों को सहते हुए ज़िन्दगी के ज़्यादातर मुश्किल सबक याद कर लिए होते हैं।

> बच्चे उस काल को भेजे गए हमारे जीते-जागते सन्देश होते है जिसे हम देख नहीं पाएंगे।
>
> जॉन डब्ल्यू. व्हाइटहेड

दादा-दादी या नाना-नानी होने के नाते आपके पास क़िस्से-कहानियों, रामायण और महाभारत की कहानियों, अकबर-बीरबल के क़िस्सों तथा अपने ख़ुद के अनुभवों से छनकर आया ज्ञान का अकूत ख़ज़ाना होता है। एक कहावत काफ़ी मायने रखती है – 'अनजान के लिए बुढ़ापा जीवन की शीत ऋतु की तरह है जबकि समझदार के लिए यह फसल कटाई का समय होता है।' इसलिए उन छोटे-छोटे मासूम सुखों का मज़ा लें जो आपके नाती-पोते आपको देते हैं। इन्हीं के जरिये आप उन बच्चों को दुनिया की दौलत से कहीं बढ़कर सही मूल्यों का महत्त्व समझा पाएंगे।

आप करोड़पति हो सकते हैं जिसके पास कई घर, फार्म हाउस और बहुत-सी कारों का बेड़ा है। आपकी पत्नी और बहुएं डिजाइनर ड्रेस और कार्टियर के जेवर पहनती हैं मगर आपके बेटे आपस में झगड़नेवाले और पोते-पोतियां बिगड़ैल हों तो क्या आपको सही मायने में सफल कहा जा सकता है? यह तय है कि आप एक अमीर आदमी हैं, जो अपने पीछे काफ़ी दौलत छोड़ जाएगा। लेकिन अपार धन-दौलत या जायदाद के अलावा आप संस्कारित परिवार भी पीछे छोड़कर जाएं, इसके लिए आपने क्या किया है?

आपको स्विस खातों में जमा दौलत, आपके दफ़्तरों और फ़ैक्टरियों या करोड़ों के सौदों के लिए नहीं जाना जाएगा...बल्कि जो मूल्य और जो बच्चे तथा नाती-पोते आपके पीछे रह जाएंगे उनके लिए जाना जाएगा।

सही मूल्य रोपें

जिस तरह कुम्हार गीली मिट्टी को मनचाहा आकार देता है उसी तरह आप भी अपने नाती-पोतों को मनचाहे ढंग से ढाल सकते हैं। उन बच्चों में सही मूल्य रोपने के लिए अपने बेशक़ीमती अनुभव का इस्तेमाल करें। उन्हें पुराने मगर आज भी कारगर मूल्यों, जैसे – निःस्वार्थता, ईमानदारी, निष्ठा, आदान-प्रदान, सहानुभूति...की शिक्षा दें। उन्हें उन सब बातों के बारे में बताएं जो उनके व्यस्त मां-बाप अभी

बताने के बारे में सोच भी नहीं पाए हैं और वह सब भी सिखाएं जो स्कूली शिक्षा के तहत कभी नहीं सिखाया जाएगा। उन्हें समय-समय पर अपने-आप से यह सवाल करना सिखाएं – 'हम दूसरों के लिए क्या कर रहे हैं?'

उन्हें उन छोटी-छोटी बातों के बारे में बताएं जो मायने रखती हैं या जिन्हें व्यस्तता की चूहा-दौड़ में शामिल लोग भूल गए हैं। उन्हें कभी-न-कभी हार स्वीकार करना भी सिखाएं। उन्हें बताएं कि सफलता कभी आख़िरी नहीं होती और पराजय कभी घातक साबित नहीं होती। इन सबसे बढ़कर यह बताएं कि असफलता का समय ही वह उपयुक्त समय है जब उन्हें सफलता के बीज बोने होंगे। उन्हें यह सब तथा और भी बहुत कुछ बताएं क्योंकि वे आपकी बातों को ध्यान से सुनेंगे। उनके दिमाग़ कोमल और लचीले होते हैं। आपका कहा हर शब्द उन पर अमिट निशान छोड़ जाएगा।

> जो बच्चा ख़ुद को जितना ज़्यादा मूल्यवान समझता है, उसके मूल्य भी उतने ही बेहतर होते हैं।

24

अपने नाती-पोतियों के लिए ज़रूरत पड़ने पर उपलब्ध रहें

जिन परिवारों में मां-बाप बेहद व्यस्त रहते हैं वहां उस ख़ालीपन को भरने में दादा-दादी या नाना-नानी महत्त्वपूर्ण भूमिका निभाते हुए बच्चों पर पूरा ध्यान दे सकते हैं। जहां एक ओर, मां-बाप समस्या पैदा करनेवाले बच्चों को शान्त करने के लिए उन्हें महंगे उपहारों से फुसलाने की कोशिश करते हैं, वहीं दादा-दादी या नाना-नानी उनकी परेशानी की जड़ तक पहुंचकर ज़्यादा सार्थक भूमिका अदा कर सकते हैं। अगर काफ़ी छोटी उम्र में कोई बच्चा समस्या बन जाता है या बिगड़ जाता है तो वे यह पता लगा सकते हैं कि आखिर वह ऐसा बरताव क्यूं कर रहा है। बच्चों के आंसू और बौखलाहट द्ररअसल, उनके संकट में होने के संकेत होते हैं और यदि इस ओर समय रहते ध्यान दिया जाए तो बाद में कई समस्याओं से बचा जा सकता है।

> ढेर सारा प्यार बच्चों को कभी नहीं बिगाड़ता। वे बिगड़ते तब हैं जब हम अपनी उपस्थिति की बजाय उन्हें 'उपहार' देते हैं।
>
> डॉ. एंथनी पी. विदेम

मान लीजिए आपका बेटा-बहू दोनों ही कामकाजी हैं। वे आपके पोते या पोती की पी.टी.ए. मीटिंग में जाना भूल गए या उनके स्कूल के स्पोर्ट्स-डे में नहीं जा पा रहे क्योंकि उसी दिन उन्हें एक महत्त्वपूर्ण बैठक में भी भाग लेना है।

लेकिन आपके पास समय है। जब आपका पोता-पोती 50 मीटर फर्राटा दौड़ में तीसरे स्थान पर आएगा तो आप उसका हौसला बढ़ाने

के लिए वहां होंगे। आपकी तालियों की गड़गड़ाहट सबसे ऊंची होगी। भले ही बच्चा स्कूल के नाटक में सिर्फ़ 30 सेकिंड का रोल करने के लिए मंच पर आए। आप ऐसा इसलिए करते हैं क्योंकि आप उसे बताना चाहते हैं कि जीतना ही नहीं है बल्कि भाग लेना भी महत्त्वपूर्ण है।

ऐसे हर मौक़े पर आपकी मौजूदगी अहम होती है। यह मत कहें कि मेरे जाने या न जाने से 'की फरक पैंदा!' अपने पोते-पोती से पूछें। मैं पक्का बता सकता हूं कि उसका जवाब होगा, 'बहुत फरक पैंदा!' आपकी एक मुस्कुराहट, तारीफ़ का एक शब्द, प्रोत्साहन की एक थपथपाहट ही उस बच्चे को जीत-हार का अन्तर समझाने के लिए काफ़ी है।

> अपने बच्चों को अच्छी आदतों के बाद जो सबसे अच्छी चीज़ आप दे सकते हैं वह है अच्छी यादें।
>
> सिडनी जे. हैरिस

एक और उदाहरण लें। आपके पोते-पोती को होमवर्क करते समय मदद चाहिए। उसे लालक़िले पर 100 शब्दों का निबन्ध लिखना है। अपनी कम्पनी रिपोर्ट पढ़ना छोड़कर या जो कुछ भी आप कर रहे हैं उससे समय निकालकर उसे लिखने में मदद करें। मैं जो कह रहा हूं उससे आप असहमत हो सकते हैं। आपको यह ज़्यादा सही लग सकता है कि हर शाम आपके बच्चे को पढ़ाने के लिए 300 रुपये महीने के खर्च पर एक ट्यूटर रख लिया जाए। लेकिन आनेवाले दिनों में इससे लाभ नहीं होनेवाला।

वह बच्चा तो सिर्फ़ मार्गदर्शन की उम्मीद रख रहा है बाक़ी काम वह ख़ुद भी कर सकता है। इससे भी ज़्यादा महत्त्वपूर्ण यह है कि हो सकता है वह आपके साथ कुछ समय बिताना चाहता हो, इसीलिए वह स्कूल बैग लेकर आपकी मेज तक आया हो। उसके अनुरोध के पीछे छिपी असली ज़रूरत को समझें। आपका पोता या पोती आपके साथ बैठकर निबन्ध लिखना चाहता है। ऐसे में आप उसे अपने बेशक़ीमती वक़्त में से कुछ मिनट जरूर दें। बाद में वह पीछे मुड़कर जब कभी अपने बचपन की तरफ़ नज़र दौड़ाएगा तो ये यादें ही उसकी स्मृति में बसी होंगी।

25

आप अच्छे दोस्त हो सकते हैं

जिस तरह दादा-दादी अपने पोते-पोतियों का साथ पसन्द करते हैं उसी तरह उन बच्चों को भी बड़ों की संगत अच्छी लगती है। वे गर ख़ुद को फ़ालतू क़िस्म के बूढ़े-बुज़ुर्ग मान लेंगे तो अपने साथ-साथ बच्चों पर भी अन्याय करेंगे। नाती-पोते अकसर मां-बाप के मुक़ाबले अपने दादा-दादी या नाना-नानी के साथ ख़ुद को ज़्यादा सहज महसूस करते हैं। शायद इसका कारण यह है कि अपने बच्चों को पालने-पोसने के दौरान ही वे ढेरों चिन्ताओं को झेल चुकने के बाद अब तनावमुक्त हो गए होते हैं। अनुभव ने उन्हें अधिक सहज रहना और छोटी-मोटी बातों पर चिन्ता न करना सिखा दिया होता है।

रोकटोक और नियन्त्रणों से दूर आज़ादी के अहसास के चलते ही नाती-पोते ख़ुद को अपने दादा-दादी और नाना-नानी के ज़्यादा क़रीब पाते हैं। वे अपने माता-पिता के मुक़ाबले दादा-दादी से अपने मन की बात करना पसन्द करते हैं। दोस्ताना व्यवहार के चलते ही बच्चों को उनके साथ सैर पर जाना या शतरंज खेलना या ऐसे ही अन्य काम करने में मज़ा आता है। ऐसे मौक़े न सिर्फ़ एक-दूसरे को सन्तोष का अहसास कराते है बल्कि 'प्रेशर वाल्व' का भी काम करते हैं। बच्चे अपनी उन चिन्ताओं से मुक्त हो जाते हैं जो उन्हें परेशान करती हैं। दादा-दादी अकसर उनके नए विचारों को ठोस सहारा देते हैं।

इन बच्चों को छुट्टियों में विदेशों में घूमने, डिज़नीलैंड या अन्य महंगे सैर-सपाटे की ज़रूरत नहीं होती। गर्मियों की छुट्टियां मज़ेदार

और जीवन्त दादा-दादी या नाना-नानी के साथ बिताने का अलग ही मज़ा है। बच्चों और बुज़ुर्गों दोनों को ही ऐसी छुट्टियां ताज़गी का अहसास कराती हैं। बच्चों को उनके पास पार्क, संग्रहालय, पिकनिक या सैर-सपाटे पर जाने, पुरानी फिल्में देखने में मज़ा आता है और बाहरी दुनिया की उनकी 'खिड़की' बनकर महत्त्वपूर्ण बातों को उन्हें दिखाने-समझानेवाले दादा-दादी, नाना-नानी उन्हें प्रभावित करते हैं। वहीं उन्हें भी बच्चों के ताज़गी-भरे नजरिये से चीज़ों को नए सिरे से देखना उत्साहित करता है। उनके बुढ़ापे के तमाम दुख-दर्दों का वे सबसे कारगर इलाज होते हैं।

> महान आदमी वही है जिसने किसी बच्चे का दिल नहीं दुखाया।
>
> मेनसियस

इसलिए अगर आप भी दादा-दादी या नाना-नानी हैं, तो अपने पोते-पोतियों और नाती-नातिनों के साथ मौज़-मस्ती और सैर-सपाटे का कार्यक्रम बनाइए। साधारण सुखों जैसे पार्क की बेंच पर बैठने, पक्षियों को दाना खिलाने, बच्चों के साथ खेलने, उनके साथ मज़ा करने वगैरह को भोगते हुए अपना जीवन बिताएं। यह सब आपके जीवन को ज़ायकेदार बनाएगा और नई ऊर्जा से भर देगा तथा आपको चुस्त-दुरुस्त रहने का नया कारण भी देगा।

अपने नाती-पोतों की मासूम खिलखिलाहटों के जरिये अपने खोए बचपन को दोबारा जिएं। कभी-कभी सवेरे उठाकर उन बच्चों से पूछना कि "आज हम क्या करेंगे?" किसी भी टॉनिक से कहीं बेहतर

> बच्चे डाक से कुछ-न-कुछ पाने को लालायित रहते हैं। चार साल की उम्र के बाद से जब वे अपना नाम पढ़ने लायक बन जाते हैं तो उन्हें टिकट लगे डाक में मिले लिफ़ाफ़े पर अपना नाम देखना बहुत अच्छा लगता है। इसलिए अगर आपके नाती-पोते आपसे दूर रहते हैं या आपके ही शहर में अलग रहते हैं तो कार्ड या चिट्ठी अथवा डाक से कोई उपहार भेजें। इससे तुरन्त प्यार का बन्धन मजबूत होता है। बच्चे को भी ख़ास दोस्त से डाक के जरिये मिली कुछ भी ख़ास चीज़ पाकर ख़ुशी होती है।

होता है। आप उतने ही जवान या बूढ़े होते हैं जितना आप ख़ुद को महसूस करते हैं। और बच्चों की संगत में रहकर तो आप ख़ुद को सचमुच जवान महसूस करने लगेंगे।

नाती-पोतों के लिए ईश्वर का शुक्रिया अदा करें

अपने नाती-पोतों के लिए ईश्वर का धन्यवाद करें। उन्हें बदलने या अपनी इच्छाओं-आकांक्षाओं के बोझ तले दबाने की कोशिश मत करें। इसकी बजाय उन्हें जानें और उनके मुताबिक़ ख़ुद को ढालें।

बड़े शहरों में पश्चिमी देशों की तर्ज पर एकल परिवारों में आप ही अपने नाती-पोते के लिए भारतीय लोक-कथाओं तक पहुंचने की कड़ी भी होते हैं। ये लोक-कथाएं जिनमें दुनियावी समझदारी और परीलोक की कल्पनाओं का मेल होता है, पारम्परिक रूप से पीढ़ी-दर-पीढ़ी एक-दूसरे को सौंपी जाती हैं। ये कहानियां बच्चों को जो सिखाती हैं वह उन्हें स्कूलों में कभी नहीं सिखाया जाता – एक-दूसरे की परवाह करना, बांटना, प्यार करना और कुछ देना जैसे मूल्य।

श्रवण कुमार, शरारती कृष्ण कन्हैया, शेखचिल्ली, बुद्धिमान मूर्ख, अकबर, सावित्री और सत्यवान तथा ऐसी ही अनगिनत कहानियां, लोक-कथाओं तथा परम्पराओं में डूबे भारत के जादू और रहस्य-रोमांच की परतें खोलती हैं।

याद रखें कि आपके नाती-पोते आपको ऋण पर दिए जाते हैं – बहुत थोड़े समय के लिए। वे आपके पास उन बन्द पैकेटों की तरह होते हैं जिनके बीजों की कोई गारंटी नहीं होती। आप नहीं जानते कि उनमें क्या बनकर दिखाने की योग्यता होती है। उन बच्चों के लिए सिर्फ़ बढ़ना ही काफ़ी नहीं होता (क्योंकि बढ़ते तो पेड़-पौधे भी हैं) बल्कि अच्छी तरह से विकसित होना होता है। आप यह सुनिश्चित करने के लिए बहुत कुछ कर सकते हैं कि वे अच्छे इनसान बनें। आपकी भूमिका एक अच्छे माली की तरह है – अपने नाती-पोतों की ज़रूरतों को पूरा करने की भरसक कोशिश करना, उन्हें उचित भोजन और प्यार देना, उनकी ओर ध्यान देना और देखभाल करना तथा यह आशा करना कि सब-कुछ ठीक-ठाक ही होगा।

26

समय के साथ चलें

चिड़चिड़े युवा...दुलार से संभाले

तो क्या आप अपनी पोती का बिना बांहों के टॉप और ऊंचे स्कर्ट पहनना पसन्द नहीं करते? या फिर जवान पोते का तेज़ रफ़्तार में गाड़ी चलाना और डेट पर जाना आपको नापसन्द है? आप अपने-आप से बड़बड़ाते हैं या अपने उन दोस्तों से शिकायत करते हैं जिनकी ऐसी ही समस्याएं हैं, "मेरे समय में बहुत फ़र्क़ था। उसकी उम्र का होने पर तो मैं तीन बच्चों का बाप भी बन चुका था। लेकिन आजकल तो बच्चों को ज़िम्मेदारी का मतलब तक नहीं मालूम।"

अगर वे बच्चे सचमुच उतने बुरे हैं जितना आप समझते हैं तो गम्भीरता से इस बारे में सोचें। आप उस वक़्त कहां थे जब वे बड़े हो रहे थे? अगर अब वे बिगड़ गए हैं तो इसका कारण यही है कि उन्हें सही और ग़लत का फ़र्क़ बतानेवाला कोई नहीं है।

एक और आम समस्या पर विचार करें। आपकी जवान पोती हमेशा फ़ोन पर बतियाती रहती है। आप ख़र्च के बारे में सोचकर ही कांप जाते हैं; आपको इस बात पर भी हैरानी होती है कि उसके मां-बाप (आपके बेटा और बहू) उस पर नियन्त्रण नहीं रख पा रहे हैं, आप समझ नहीं पाते कि वह घंटों कैसे फ़ोन पर बात कर सकती है।

तो आप क्या करेंगे? क्या आप उस पर बरस पड़ेंगे और कहेंगे कि आपके दिनों में लड़कियां दिखती तो थीं मगर उनकी आवाज़ नहीं सुनाई देती थी? आप फ़ोन कटवा देने की धमकी देंगे? आप अपनी बहू

को इस बात के लिए तीखे शब्द कहेंगे कि वह जवान हो रही बच्ची को सही संस्कार नहीं दे रही?

नहीं, अगर आप समझदार हैं, तो ऐसा कुछ भी न करें। उससे बात करें कि उसकी रुचि किस तरफ़ है और उसमें कुछ शौक़ जगाने की कोशिश करें। आप अपनी पोती को नरमाहट के साथ और पूरे धैर्य से किताबें तथा पत्रिकाएं पढ़ने के लिए प्रेरित करें, उससे उसके स्कूल-कॉलेज, दोस्तों और उसके सपने क्या हैं, इस बारे में बात करें। अगर आप उसकी ऊर्जा को सही रास्ते पर ख़र्च करने का तरीक़ा समझा देंगे तो हो सकता है कि आप उसे समय की बरबादी करने से रोक पाएं। थोड़े-बहुत गणित से उसे बताएं कि उसकी एक फ़ोन कॉल जो घंटों चलती है, कितनी महंगी पड़ती है।

> जीवन अस्पष्ट है; सही जवाब कई हो सकते हैं – यह इस पर निर्भर करता है कि आप किसे तलाश रहे हैं। लेकिन अगर आप सोचते हैं कि एक ही सही जवाब है तो उसे पाते ही आप अपनी तलाश रोक देंगे।

यानी आप सकारात्मक ढंग से सोचकर मामले को ठंडा कर सकते हैं। कुछ बातें उतनी बुरी नहीं होतीं जितनी वे दिखती हैं। सिर्फ़ इसलिए कि आपके पोते-पोती ख़ास तरह के कपड़े पहनते हैं, ऊंची आवाज़ में संगीत सुनते हैं और तेज़ कारें दौड़ाते हैं, तो इसका अर्थ यह नहीं है कि वे बुरे हैं। निश्चित रूप से मैगी की टमाटर साँस की तरह वे 'अलग' हैं। वे पचास साल पहले के जवान लड़के-लड़कियों से वाक़ई अलग हैं। लेकिन आप यह क्यूं भूल रहे हैं कि समय बदलता रहता है। एक समझदार आदमी ने एक बार कहा था, "परिवर्तन को छोड़कर और कुछ भी स्थायी नहीं है।"

27

अपने पोते-पोतियों को प्रेरित करें

उनके आदर्श बनें

बच्चे अपने कानों की बजाय अपनी आंखों पर ज़्यादा भरोसा करते हैं। युवा मस्तिष्क पर उपदेश देने का असर बहुत धीमा और थकाऊ होता है। बच्चों का अन्तःकरण उनके आसपास के प्रभावों से बनता है; सही और ग़लत की उनकी धारणा उस नैतिक माहौल की देन होती है जिसमें वे सांस लेते हैं। वे वही करेंगे जो वे अपने आसपास होते देखेंगे; वे उन्हीं बातों पर विश्वास भी करेंगे जिन पर वे अपने बड़ों को भरोसा करते देखते हैं। बच्चों को आदर्श व्यक्ति की सख़्त ज़रूरत होती है। वे अपने आदर्श तलाशने के लिए अपने दादा-दादी या नाना-नानी की ओर देखते हैं।

दादा-दादी या नाना-नानी अपने नाती-पोतों को सबसे अनमोल उपहार जो दे सकते हैं, वे हैं अच्छे उदाहरण। वे ख़ुद अच्छे बनकर उनका ज़्यादा भला कर पाएंगे। अगर पोते-पोतियां या नाती-नातिनें अपने दादा-दादी और नाना-नानी की तरफ़ देखते हैं तो समझिए कि जीवन के सबसे कठिन मोर्चे पर उन्होंने सफलता प्राप्त कर ली है।

बड़े-बुजुर्ग उन बच्चों को रुडयार्ड किपलिंग कि 'यदि...' शीर्षकवाली वह कविता सुनाकर प्रेरित कर सकते हैं जो कवि ने अपने बेटे के लिए लिखी थी।

अगर तुम रख सकते हो अपना दिमाग़ ठिकाने जब तुम
झेल रहे हो दोष दूसरों के सब-कुछ गंवाने का
अगर तुम कर सकते हो भरोसा ख़ुद पर
जब सब लोग शक़ कर रहे हों तुम पर
और उस शक़ को भी भुना रहे हों,
अगर तुम कर सकते हो इन्तज़ार और इन्तज़ार से थकावट न हो
या झूठ से घिरे होकर भी झूठ का सहारा न लो
या नफ़रत सहते हुए भी नफ़रत के सामने घुटने न टेको
और फिर भी बहुत अच्छे न होते हुए,
और न बुद्धिमानी की बातें कहते हुए
अगर तुम देख सकते हो सपने –
सपनों को अपना हाकिम बनाए बिना
अगर तुम सोच सकते हो – सोच को अपना लक्ष्य बनाए बिना
अगर तुम विजय और विनाश से साक्षात्कार कर सकते हो
और समझ सकते हो उन्हें एक ही सिक्के के दो पहलू
अगर तुम झेल सकते हो अपना ही बोला हुआ सच
अबोधों के हाथ मरोड़कर मूर्खों के लिए बनता हुआ जाल
अगर बिखर जाएं, पतित हो जाएं वे चीज़ें जो तुमने
जिन्दगी को अता की
और पुनर्निर्माण कर सको उतना टूटे हुए औज़ारों से
अगर तुम बनाते जाओ विजय का ऊंचा ढेर
और जोखिम पाल सकते हो उसके क्षण में बिखर जाने का
और गंवाकर सब-कुछ आरम्भ से शुरू कर सकते हो तुम
और पराजय की जुगाली न करो तुम
अगर तुम बाध्य कर सकते हो अपने दिलो-दिमाग़ को
मंज़िल की ओर अपने सफ़र में साथ चलने को
और संभाले रहो उसे जब तुम्हारे पास कुछ न हो
सिवाय उस जिजीविषा के जो तुम से कहे – "डटे रहो!"
अगर तुम बात कर सको भीड़ से और संभाले रहो अपनी विशेषताएं
या चलो राजा के अपनी सादगी के स्पर्श के साथ

अगर पुत्र या जीवित मित्र दुख न पहुंचा पाएं तुम्हें
अगर सब लोग तुम्हारे लिए मायने रखें लेकिन
ज़रूरत से ज़्यादा कोई नहीं
अगर तुम भर सकते हो अक्षम्य मिनट को
साठ सेकिंड की क़ीमती दौड़ के साथ
तो धरा तुम्हारी है, उसका सब-कुछ तुम्हारा है
और – इससे भी अधिक – तुम इनसान कहलाओगे पुत्र!

28

अपने नाती-पोतों को प्यार करें मगर लाड़ से बिगाड़ें नहीं

आपको अपनी सफलता के लिए एड़ी-चोटी का ज़ोर लगाना पड़ा था। आप आज जिस मुकाम पर हैं वहां इस वजह से पहुंच सके हैं क्योंकि इसके लिए आपने हर विपरीत परिस्थिति का डटकर मुक़ाबला किया। जब आप पीछे देखते हैं तो आपको एक लम्बा, थकान-भरा, कमरतोड़ सफ़र दिखाई पड़ता है।

> जो व्यक्ति अपने बच्चों में उद्यम की आदत डालता है वह उन्हें दौलत देने के कहीं ज़्यादा उनका भला करता है।
>
> रिचर्ड वेटली

जब आप अपने नाती-पोतों की तरफ़ देखते हैं तो आपका कलेजा गर्व से भर जाता है...और आपको सुरक्षा का भी अहसास होता है। आप उनको वह सब देना चाहते हैं जो आपको कभी नहीं मिला। आप उनका जीवन उतना ही सरल बना देना चाहते हैं जितना आपका कठिन रहा था। लेकिन ज़रा ठहरें, कहीं आप ऐसा करके उनके साथ अन्याय तो नहीं कर रहे? कहीं आप उन्हें वह सब देकर जिसकी वे फ़रमाइश करते हैं, उन्हें लाड़ में बिगाड़ तो नहीं रहे?

नाती-पोतों को अच्छी-से-अच्छी शिक्षा देना और उनकी अच्छी परवरिश करना एक बात है मगर लाड़ में उन्हें बिगाड़ना एकदम अलग है।

आप ठीक-ठाक बनकर उभरे क्योंकि आपको हर उस चीज़ के लिए संघर्ष करना पड़ा था जो आप चाहते थे। बच्चों को कम उम्र में

ही तमाम भौतिक सुख-साधन उपलब्ध कराकर उन्हें कमज़ोर मत बनाएं। उन चीज़ों का पास में होना अच्छा लगता है जिन्हें पैसों से ख़रीदा जा सकता है मगर बीच-बीच में यह भी देखते रहना चाहिए कि क्या वह सब भी आपके पास है जिसे आपकी दौलत नहीं ख़रीद सकती। मसलन, आपके प्रियजनों का सच्चा प्यार। जब दौलत को कुछ ज़्यादा ही अहमियत दी जाने लगती है तो पहली गाज गिरती है मानवीय Sसम्बन्धों पर। आपके नाती-पोते आपको उस वजह से प्यार करें जो आप हैं न कि इस कारण से कि आप उन्हें क्या दे सकते हैं।